KB114557

大
武
士

대무사

칠백 新무협 판타지 소설

FANTASTIC ORIENTAL HEROES

대무사 10

철백 新무협 판타지 소설

초판 1쇄 찍은 날 § 2016년 11월 9일
초판 1쇄 펴낸 날 § 2016년 11월 16일

지은이 § 철백
펴낸이 § 서경석

편집책임 § 이지연

펴낸곳 § 도서출판 청어람
등록번호 § 제387-1999-000006호
등록일자 § 1999. 5. 31
어람번호 § 제2-2689호

주소 § 경기도 부천시 원미구 부일로 483번길 40 서경B/D 3F (우) 14640
전화 § 032-656-4452 팩스 § 032-656-4453
http://www.chungeoram.com
E-mail § chungeorambook@daum.net

ISBN 979-11-04-91036-4 04810
ISBN 979-11-04-90570-4 (세트)

철백 新무협 판타지 소설

FANTASTIC ORIENTAL HEROES

大武士
대무사

10
[완결]

도서출판 청어람

第一章 구사일생(九死一生)　　　　7

第二章 망교지원(亡敎之原)　　　　47

第三章 역습개시(逆襲開始)　　　　73

第四章 혼수모어(混水模魚)　　　　99

第五章 혈혼인(血魂人)　　　　135

第六章 신명일체(信名一體)　　　　161

第七章 정상혈전(頂上血戰)　　　　187

第八章 망교비원(亡敎秘願)　　　　231

第九章 최종시련(最終試鍊)　　　　259

종 장　　　　297

第一章
구사일생(九死一生)

음성과 함께 한 줄기 검광이 혈승을 덮쳤다.

검광은 순식간에 공간을 양단했고, 그 위력은 혈승으로서도 쉬이 간과하기 어려웠다.

"쓸데없는 방해를……!"

이윽고 심상찮은 파공성과 함께 핏빛 그물망이 허공을 수놓았다.

무려 수강으로 펼친 혈천마라도의 한 수였다.

콰콰콰광—!

검광과 혈광이 부딪치면서 연신 터져 나오는 폭음!

그와 함께 흙먼지가 피어오르면서, 혈승의 신형이 뒤로 물러났다.

그는 짜증 어린 표정으로 흙먼지 사이로 얼핏 보이는 두 개의 인영을 노려봤다.

"감히 겁도 없이!"

혈승의 두 눈이 혈광으로 물들었다.

그와 동시에 소맷자락을 한 번 휘두르는 순간, 먼지가 좌우로 쫙― 갈라졌다.

그러자 그 사이로 축 늘어진 이신의 명문혈에다 오른손을 가져다 대고 있는 삿갓인의 모습이 보였다.

그를 바라보면서 혈승은 인상을 찌푸렸다.

"지금 자신이 무슨 짓을 하는지 알고 있는 것이냐?"

혈승의 물음에 삿갓인은 이내 손을 떼더니 피식 웃으면서 말했다.

"혈승께서 하려는 일에 비하면 노부가 하는 짓은 별거 아니지 않겠소."

"……."

자신이 세운 계획을 이미 다 안다는 삿갓인의 말. 하나 그걸 떠나서 감히 자신을 지적한다는 사실 앞에 혈승의 눈에 어린 혈광이 한층 더 짙어졌다.

그와 함께 손을 들어 올리려는 찰나, 삿갓인이 말했다.

"괜히 엉뚱한 곳에다 힘 빼지 마시구려. 더군다나 막 심검을 펼친 다음이잖소?"

심상경의 절예는 막대한 내력과 심력의 소모를 전제로 한다.

천하의 혈승이라도 마냥 지치지 않을 리 만무했다.

거기다 이신이 비록 스스로 자멸했을지라도, 그전까지 그가 펼친 공격 하나하나는 가히 일격필살의 위력을 지니고 있었다.

그렇기에 지금 혈승의 몸 상태는 보이는 것 이상으로 썩 좋지 않은 상태였다.

물론 삿갓인은 그걸 한눈에 꿰뚫어본 것이고.

이에 혈승의 눈살이 살짝 찌푸려졌다.

"건방진 놈, 감히 누가 누굴 걱정하는 거냐?"

혈승의 눈에 살벌한 혈광이 번뜩이더니 삿갓인을 노려보면서 말했다.

"본승을 너무 얕보는 게 아닌가, 검제?"

그의 말에 삿갓인, 이환성은 의미심장한 미소를 머금었다.

"역시 노부라는 걸 알고 계셨구려. 과연 대단하시오."

"흥, 자신이 뭘 익혔는지도 벌써 잊어버린 것이냐?"

이환성은 십대마공 중 하나인 혈염마공을 익혔다.

그렇기에 모든 십대마공을 연성한 혈승이 그의 존재를 감지하는 건 너무나 쉬운 일이었다.

혈승의 비아냥거림에 이환성은 고개를 내저었다.

"잊지 않았소이다. 그저 그런 식으로 덜미를 잡힐 수도 있다는 사실을 미처 몰랐을 뿐. 알다시피 노부는 화종 출신이잖소? 혈승께서 부디 이 부족한 늙은이를 이해해 주시구려."

능청스러운 이환성의 대답에 혈승은 대놓고 짜증스러운 표정을 지었다.

"도대체 무슨 속셈이냐? 설마 반역이라도 할 셈이냐?"

"듣기만 해도 무서운 말을 아무렇지 않게 하다니. 과연 혈승이구려."

"쓸데없이 말 돌리지 말고, 확실히 말해라. 무엇 때문에 그자를 돕는 것이냐?"

방금 전 이환성은 이신의 명문혈에다 오른손을 가져다 댔다.

언뜻 보기에 무슨 짓을 한 건지 알 수 없었으나, 혈승의 눈까지 속일 수 없었다.

"굳이 성화의 기운까지 줘가면서 살려야 할 이유가 무엇이냐?"

성화의 기운.

그것은 흑월 내에서도 충성심과 실력을 동시에 인정받은 자에게만 주어지는 힘이었다.

한데 그것을 아무렇지 않게 타인에게, 그것도 이신에게 넘기다니.

거기다 성화의 기운을 넘겨받음과 동시에 이신의 내부에서 날뛰던 배화공의 기운이 눈에 띄게 잠잠해졌다.

이것을 어찌 해석해야 할까?

혈승은 스산한 표정으로 말했다.

"이대로 본 월과 척을 지려는 것이냐?"

"그건 아니오."

이환성은 딱 잘라서 말했다.

이에 혈승은 어이없다는 표정을 지었다.

"그자는 본 월에게 있어서 가장 성가신 존재다. 한데 그런 자를 구하는 행동이 반역이 아니라고?"

"노부는 어디까지나 계시에 따랐을 뿐이외다."

"뭣이?"

순간 혈승의 준수한 얼굴이 일그러졌다.

계시.

그것은 일종의 예지이자 흑월에 몸담은 자라면 절대로 따르지 않으면 안 되는 철칙과도 같은 것이었다.

한데 성화의 계시가 내린 건 불과 몇 달 전이지 않은가?

최근 성화의 오염도 때문에 신녀가 성화로부터 계시를 받는 건 일 년에 많아 봐야 한두 번 정도에 불과했다.

한데 혈승도 모르는 사이에 그새 성화로부터 또 다른 계시가 내려왔다는 말인가?

'아니야. 새로운 계시가 아니야.'

혈승은 내심 고개를 내저었다.

만약 새로운 계시를 받았다면, 자신의 귀에도 그 사실이 들어와야 맞았다.

한데 그렇지 않았다면, 가능성은 하나뿐이었다.

'그때 숨겼던 그것인가?'

계시가 내려오던 그날 그의 누이가 남몰래 숨기던 것.

'역시 그때 강제로라도 물어봤어야 하나?'

내심 혀를 내차는데, 이환성이 말했다.

"그보다 이러고 있을 때가 아니라고 생각하오만."

"……? 갑자기 무슨 소리지?"

이신을 잡아서 없애는 것보다 중요한 일이 뭐가 있단 말인가.

의아해하는 찰나, 한 줄기 외침이 그의 뇌리에 들려왔다.

[크, 큰일 났습니다, 혈승!]

그것은 일반적인 전음과 달리 심령을 통해서 전해지는 심어(心語)였다.

심어를 보낸 이는 다름 아닌 적우자였다.

평소 차분한 성격의 그가 갑자기 무슨 일로 이리 어울리지 않게 호들갑을 떤단 말인가?

순간 혈승의 뇌리로 수많은 생각이 스쳐 지나갔지만, 애써 무시한 채 말했다.

[무슨 일이냐?]

혈승의 물음에 적우자의 심어가 곧바로 이어졌다.

[제, 제물을 빼앗겼습니다!]

"……!"

순간 혈승의 시선이 이환성에게로 향했다.

그러자 이환성은 의미심장한 미소를 지으면서 말했다.

"한가하게 이러고 계실 때가 아닐 텐데요?"

"이놈이……!"

복장이 터지게 하는 이환성의 도발 아닌 도발에 혈승은 순간 울컥했다.

동시에 혈승의 눈에 어린 혈광은 짙어졌다.

혈천마안.

십대마공을 모두 연성한 자만이 행할 수 있는 이능이자 다른 십대마공의 고수들을 제어할 수 있는 수단!

혈승이 혈천마안을 펼치자마자 이환성의 내부에서도 변화가 일어났다. 혈염마공의 기운이었다.

이내 혈염마공의 기운이 주인인 이환성의 심장을 옥죄려고 하는 순간, 생각지도 못한 이변이 일어났다.

키잉—!

순간 알 수 없는 이명과 함께 둘로 나뉘는 이환성!

바로 예전에 그가 이신과 마교에서 싸울 때 구사했던 원영신의 수법이었다.

둘로 나뉜 그는 예의 미소를 유지한 채 말했다.

"그 수법은 이미—"

"—통하지 않소이다."

두 명의 이환성이 연이어 하는 말에 혈승의 표정이 일그러졌다.

설마 절대적인 복종 수단이라고 믿어 의심치 않았던 혈천마안이 통하지 않다니!

'저건 원영신이 아니다.'

이신과 달리 혈승은 이환성의 분신을 원영신으로 보지 않았다. 그도 그럴 것이 원영신은 엄연히 도가에서도 전설로 치부되는 경지였다.

그것을 배교의 후예인 이환성이 이루었다?

거기다 원영신이라고 한들, 그것만으로 혈천마안의 지배에서 벗어나기 어려웠다.

필시 뭔가 다른 무언가가 숨겨져 있었다.

"놈, 같잖은 잔재주를⋯⋯!"

혈승은 다시금 혈천마안의 힘을 드높였지만, 그 전에 두 명의 이환성 중 하나가 빠른 속도로 간격을 좁히더니 녹슨 장검을 휘둘렀다.

쉬이이이익―!

순식간에 바람을 가르면서 날아오는 쾌검 앞에 혈승은 가까스로 보법을 펼쳐서 피했으나, 오른쪽 소매 한쪽이 잘려져 나갔다.

"이건!"

조금 전에도 분명 이와 비슷한 일이 있었다.

바로 이신의 검법을 상대할 때였다.

뭔가 세세한 부분은 다르지만, 본질적인 부분에서 두 사람의 검법은 너무나도 비슷했다.

그 말은 이환성의 검법 역시도 상대하기 성가시다는 소리였다.

거기다 이신과 달리 그는 혼자가 아니었다.

쫘악—!

순식간에 혈승의 왼쪽으로 파고드는 또 다른 이환성!

갑작스러운 그의 기습을 용케 피했지만, 혈승은 이내 또 다른 공격이 이어질 거란 것을 본능적으로 느꼈다.

또한 지금의 공방이 상당히 오래 갈 것이라는 것 역시 직감적으로 알 수 있었다.

'이놈, 본승의 발을 묶어둘 셈인가!'

대법을 마친 유세화를 훔쳐간 것은 분명 이환성의 부하일 것이다.

그리고 그들이 무사히 유세화를 데리고 도주할 때까지 이환성은 최대한 오랫동안 자신의 발을 묶어두려는 속셈이리라.

혈승은 내심 앞서 그의 도발에 말려든 것을 후회했다.

물론 이것 역시 자신의 성정까지 다 염두에 둔 이환성의 계산이었으리라.

'이 능구렁이 같은 늙은이가 감히!!'

분노가 들끓었지만, 혈승은 일단 지금 자신이 무엇을 가장 우선시해야 되는지를 빠르게 생각하고, 정리했다.

그 결과, 답이 나왔다.

'이 빌어먹을 늙은이는 나중에, 우선은 혈영사신 그놈부터……!'

사라진 유세화는 얼마든지 나중에 되찾아올 수 있었다.

하나 이신은 달랐다.

비록 이환성이 성화의 기운을 불어넣어 줘서 일단 급한 불은 껐다고 하지만, 아직까지 그는 무방비 상태였다.

이때가 아니면 그를 쓰러뜨릴 기회는 쉬이 오지 않으리라.

이에 이환성을 무시하고 한쪽에 쓰러진 이신을 향해서 쇄도하려는 찰나였다.

쩌저저저적—!

갑자기 혈승의 발아래서 뾰족한 얼음 기둥이 마구 솟아오르기 시작했다.

마냥 무시하기엔 얼음 기둥이 심히 날카로웠고, 뭣보다 그 자체가 품고 있는 냉기가 실로 살인적이었다.

이에 재빨리 뒤로 물러난 혈승의 눈앞을 거대한 얼음벽이 막아섰다.

'어느 틈에?'

놀람도 잠시, 이윽고 혈승의 눈에 언뜻 보였다.

거대한 얼음벽 뒤로 푸른 머리카락을 휘날리는 여인, 신수연이 이신을 품 안에 든 채로 서 있는 모습이.

하나 더 자세히 살펴보기도 전에 매서운 설풍과 함께 이환성의 공격이 쏟아졌다.

카카카카캉—!

그것을 수강으로 일일이 쳐낸 혈승의 얼굴에 짜증이 어렸다.

"적당히 까불어라, 늙은이!"

결국 폭발한 혈승이 외침과 함께 핏빛 기운을 사방으로 방사했다.

혈염마공의 정수이자 절초인 혈천마해였다.

혈천마해의 가장 무서운 점은 그 위력도 위력지만, 닿는 즉시 상대의 기운과 정혈을 강제로 빨아들이는 공능이었다.

예전 장사평에서도 이 때문에 수많은 정사마의 중진이 피해를 본 적이 있었다.

당연히 혈염마공을 익힌 이환성이 그 위험성에 대해서 모를 리 만무했다.

그는 곧바로 공격을 중단한 뒤, 서둘러 뒤로 물러났다.

하나 그전에 먼저 핏빛 해일이 그를 덮쳤다.

"크으윽!"

순식간에 혈천마해의 영역에 휘말리고 만 이환성.

얼마 안 있어서 그의 모습이 핏빛 기운에 매몰되듯 사라졌고, 장내는 온통 핏빛으로 물들었다.

하나 잠시 후, 혈천마해를 거둬들이는 혈승의 표정이 썩 그리 좋지 않았다.

"…도망쳤군."

이환성의 시체는 어디에도 보이지 않았다.

분명 혈천마해에 휘말리는 광경을 눈으로 봤기에 쉬이 믿을 수 없는 사실이었다.

하나 혈승은 그가 도망쳤음을 인정했다.

'필시 그 원영신 비슷한 수법으로 만들어낸 분신을 희생시킨 것일 테지.'

실체와 분신의 분간 자체가 무의미한 그 수법이라면 충분히 그럴 수 있었다.

물론 혈승이 궁극적으로 노리던 대상, 이신과 그를 구한 신수연의 모습도 이미 보이지 않았다.

결국 두 마리 토끼를 모두 놓친 꼴이었다.

하나 혈승은 흥분하지 않고, 나지막한 음성으로 뇌까렸다.

"계시, 계시라. 그렇다면 본승이 가야 할 곳은 하나뿐이군."

성화의 계시를 받는 자.

다름 아닌 그의 누이, 신녀가 있는 성화전이었다.

$$*\qquad*\qquad*$$

휘이이잉―

불어오는 바람에 몸을 맡겼다. 그리하면 좀 전까지 자신의 몸을 적셨던 적들의 피 냄새가 조금이라도 가실까 싶어서.

하나 그럴 리가 없었다.

수많은 전장을 오가면서 묻혀온 피가 그리 쉽게 가셔질 리만무했다.

그리 자문자답할 때였다.

"가까스로 위기를 넘겼군요."

소년과 청년, 그 중간 사이쯤 되는 앳된 음성에 뒤돌아보자, 그곳에는 채 소년의 티를 벗은 지 얼마 안 된 미공자가 서 있었다.

소유붕이었다.

그는 특유의 장난기 어린 미소와 함께 말했다.

"제갈세가의 진법이 그리 무섭다고 듣긴 들었지만, 그 정도까지 무서울 줄은 꿈에도 몰랐습니다."

"하마터면 전부 다 죽을 뻔했지."

덤덤한 이신의 대답에 소유붕은 의미심장한 미소를 지으면서 말했다.

"그래도 결국 대주께서 진법을 파훼하지 않으셨습니까?"

"운이 좋았을 뿐이지."

확실히 신수괴옹의 진법은 무서웠다.

때마침 일갑자의 내력을 이루고 갓 오류의 경지에 이르지 않았다면, 힘을 다할 때까지 진법 안을 헤매다가 끝내 비참한 최후를 맞았으리라.

물론 그게 아니더라도 신수괴옹이 준비해 둔 동심회 고수들의 손에 끝났겠지만.

아무튼 막 커다란 위기를 넘긴 터라, 마음 같아선 당장에라도 드러눕고 조금이라도 눈을 붙이고 싶은 심정이었다.

하나 그럴 수 없었다.

곧 다음 임무가 이신 일행을 기다리고 있었으니까.

생각만 해도 정말 지긋지긋했다.

동시에 자신이 대체 뭣 때문에 이리도 임무에 매달리는 것인지에 대한 의문이 들었다.

'왜지?'

그러자 한 소녀의 얼굴이 뇌리에 떠올랐다.

담소연.

그가 정마대전에 참여하게 된 이유이자 아끼던 친구의 동생.

그녀의 갑작스러운 죽음은 이신으로 하여금 정마대전이라는 전장 속으로 뛰어들게 만들었다.

하나 그것만은 아니었다.

담소연 외에도 이신의 뇌리에 떠오르는 얼굴이 하나 더 있었다.

유세화.

그래, 언젠가 그녀와의 재회를 위해서 이 모든 걸 참고, 또 참는 것이었다.

그렇기에 이번 신수귀옹과의 싸움에서도 간신히 살아남을 수 있었다.

어떻게든 그녀와 만날 때까지 살아남아야 한다는 의지가 빚어낸 기적과도 같은 일이었다. 어찌 보면 정말 운이 좋았다고 봐야 하리라.

바로 그때, 가만히 있던 소유붕이 불쑥 말했다.

"그랬죠. 이번에는 운이 정말로 좋았습니다. 하마터면 우리의 아이를 잃을 뻔했으니까요."

"뭐?"

반문을 하면서 돌아서는 순간, 소유봉의 모습이 흔적도 없이 사라졌다.

사라진 건 그뿐만이 아니었다.

이신이 서 있던 언덕은 물론이거니와 세상 모든 것이 완전히 다 사라졌다.

아무것도 없는 백색의 공간.

그곳에서 이신은 홀로 서 있었다.

"여긴?"

아무것도 없는 허공 위에 서 있다는 기묘한 감각 속에서 문득 그는 자각했다.

이건 꿈이라고.

언젠가 유세화에게서 들은 적이 있는 그녀의 백일몽 이야기, 거기서 이와 똑같은 공간에 대해서 들었던 기억이 있지 않은가.

그리고 그 사실을 자각하는 것과 동시에 그의 눈앞으로 고풍스러운 제단이 나타났다.

"저건?"

의아한 눈길로 제단을 바라보는데, 그 위로 난데없이 찬란한 백색의 불길 하나가 피어오르기 시작했다.

그와 동시에 이신은 눈을 부릅떴다.

"이, 이럴 수가!"

믿기지 않았다.

놀랍게도 불꽃에서 느껴지는 기운은 배화구륜공의 기운과 너무나도 흡사했다.

도대체 어떻게 그런 일이 가능하단 말인가?

이에 놀람을 금치 못하는 가운데, 한 줄기 음성이 들려왔다.

[가까스로 위험한 고비는 넘겼구나.]

'이 목소리는?'

낯설지 않았다.

과거 꿈을 통해서 한 차례 접한 적 있는 성화의 의지였다.

방금 전, 소유봉의 형상을 빌려서 꾸짖는 듯한 말을 한 것도 놈이라는 것을 깨달았다.

성화의 의지는 계속해서 말했다.

[하나 아직 시련은 완전히 다 끝나지 않았다.]

"…말하지 않아도 이미 알고 있어."

미간이 절로 좁혀졌다.

굳이 성화의 의지가 지적하지 않더라도 화매를 구출하는 데 실패했음을 누구보다 더 잘 알고 있었다.

뭣보다 혈승을 상대로 저지른 실수.

여덟 개의 배화륜을 동시에 무리하게 개방함으로써 일어난 내력의 폭주는 다시 생각해도 실로 뼈아팠다.

차라리 어떻게든 시간을 끌어서 일조장 신수연과 힘을 합쳐서 상대하는 게 나았을지도 모른다.

그도 아니면 일부러 위기에 처하는 척해서 숨어 있던 이환성을 끌어낸다던가.

돌이켜 생각해 보면 방법은 여러 가지였지만, 당시에는 미처 떠올릴 수 없던 것뿐이었다.

이제 와서 떠올려 봐야 소 잃고 외양간 고치는 격이기도 했고 말이다.

그렇게 스스로에 대한 반성과 자괴감으로 가득 찬 가운데, 성화의 의지가 다시금 말했다.

[우리의 아이를 구할 수 있는 방법은 오직 하나뿐이다.]

"그게 뭐지?"

이신의 물음에 성화의 의지는 담담한 어조로 답했다.

[우선 우리를 찾아와라. 그럼 그 후에 자세한 방법을 일러 줄 것이니.]

"네가 있는 곳으로 찾아가라고?"

진심으로 하는 말인가?

성화는 현재 흑월의 본거지, 개중에서도 심처에 있는 것으로 추정되는 상황이었다.

한데 아직 흑월의 본거지조차 제대로 알아내지 못한 판국에 대뜸 성화를 찾으러 간다?

현실적으로는 도저히 불가능한 일이었다.

하나 이내 직감적으로 깨달았다.

성화의 의지가 저리 말한다는 것은 분명 어떤 식으로든 자신이 있는 곳까지 찾아갈 수 있는 방도를 함께 알려줄 심산이라는 것을.

과연 그의 예상은 빗나가지 않았다.

[조만간 멀지 않은 시기에 사자 한 명이 그대를 찾아갈 것이다. 그때, 그와 합류하면 되노라.]

"그, 그때가 언제란 거지?"

이신은 저도 모르게 다급하게 물어봤다.

사람을 보내는 것까지는 다 좋은데, 그래도 이왕이면 언제 찾아오는 것인지 정확한 시기까지 아는 게 더 좋지 않겠는가.

이에 성화의 의지는 말했다.

[그것은 진정한 시련이 시작되는 날, 자연히 알게 되리라.]

'진정한 시련?'

이건 또 무슨 소리란 말인가?

더욱 자세한 것을 물어보려는 순간, 제단 위에서 불타고 있던 불꽃이 돌연 화아아악— 사방으로 크게 번지기 시작했다.

"크윽!"

순식간에 이신의 몸에까지 옮겨붙은 백색의 불꽃!

너무나 생생한 고통 앞에 터져 나오는 신음성을 애써 억누르려는 찰나, 귓가로 한 줄기 음성이 들려왔다.

　　　　*　　　　*　　　　*

"주군! 일어나세요, 주군!"

"커, 커흡—!"

이신은 헛바람을 들이켜면서 벌떡 일어났다.

"여, 여긴?"

주변을 돌아보자 객잔의 객방인 듯싶었다.

그리고 그가 누워 있는 침상 바로 옆에 신수연이 딱 붙어
있었다.

그녀는 걱정스러운 표정으로 말했다.

"괜찮으세요? 방금 전까지 너무 고통스러워하셔서 뭔가 좋
지 않은 악몽이라도 꾸는 건 아닌가 싶어서……."

어떻게든 악몽에서 빨리 깨어나게끔 하려는 나름의 노력이
었으리라.

덕분에 실제로 꿈에서 깨어나긴 했으니, 일단 성과를 거뒀
다고 봐야 하려나.

"악몽이라……. 그리 볼 수도 있긴 하겠군."

쓴웃음과 함께 이신은 그리 읊조릴 때였다.

덥석—

갑자기 부드러운 감촉이 그의 머리를 덮쳐왔다.

졸지에 신수연의 품 안에 안기고만 이신은 순간 어찌 반응
해야 할지 몰라서 딱딱하게 굳어졌다.

그런 그의 귓가로 신수연의 음성이 들려왔다.

"정말 다행이에요. 혹여 주군에게 무슨 일이라도 생기셨다면, 저는……."

눈물기가 묻어나는 그녀의 말에 이신은 뭐라 답하는 대신, 조용히 그녀의 등을 어루만졌다.

이에 순간 신수연이 흠칫했지만, 이신은 그런 그녀의 반응을 모른 척하면서 말했다.

"미안하다."

사실상 뭐라고 한 소리 들어도 전혀 이상하지 않은 상황이었다.

한데 신수연은 전혀 그런 기색 없이 오로지 이신의 걱정만하였다.

그것이 참으로 고마웠다.

유세화와는 또 다른 의미에서 그녀는 참으로 이신에게 있어서 소중한 존재였다.

'그나저나 언제부터였지?'

어느덧 신수연이 반말이 아닌 존댓말로 자신을 대하기 시작한 게.

아마 정확한 시기를 따지자면 유세화와 만나고, 그녀가 이신을 대하는 모습을 가까이에서 지켜보기 시작하면서부터일 것이다.

처음에는 뭔가 어색했는데, 이제는 그녀의 존댓말이 익숙할 따름이었다.

　내심 그녀의 변화를 느끼는 가운데, 이윽고 이신은 그녀의 품에서 벗어나더니 아무것도 없는 방 한구석을 바라봤다.

　"뭘 그리 조용히 숨어 있는 것이냐, 유붕."

　"하, 하핫. 드, 들켰군요."

　소유붕은 머쓱하게 뒷머리를 긁적거리면서 방 한구석에서 모습을 드러냈다.

　표정으로 보아선 뭔가를 살짝 기대하고 있었다는 듯한 눈치였다.

　그에 대해선 일절 무시한 채 이신은 말했다.

　"내가 정신을 잃은 지 얼마나 지났지?"

　"오늘로서 이틀째예요."

　소유붕 대신 신수연이 답했다.

　그녀의 대답에 이신의 눈살이 찌푸려졌다.

　"이틀……."

　생각보다 오래 누워 있었다.

　더욱이 진기가 폭주한 채로 기절한 것이기에 몸 상태는 가히 최악일 것이다.

　그리 생각하면서 진기를 조심스레 운용하는 순간, 이신의 눈이 번쩍 뜨였다.

　'이건?!'

　뜻밖에도 진기의 흐름은 나쁘지 않았다. 오히려 이전보다 훨씬 더 부드럽게 이어졌다.

배화륜의 움직임 역시도 한차례 폭주한 다음이라는 것이 믿기지 않을 만큼 원활했다.

도대체 어떻게 이런 일이 가능하냐는 의문이 뇌리에 떠오르는 순간, 의식을 잃기 직전의 기억이 번뜩 떠올랐다.

'이환성, 그자가 뭔가를 내 안에 주입했다.'

그리고 그것을 배화륜은 너무나 자연스럽게 흡수하였고, 그와 함께 내부가 순식간에 안정되었다. 지금 이신이 무사한 것도 그 때문이었다.

'성화의 기운⋯⋯.'

분명 그것 외에는 지금의 현상을 달리 설명할 길이 없었다.

얼추 그리 이해하고 넘어갈 수 있었지만, 단 하나, 풀리지 않는 의문이 있었다.

'왜 나에게?'

어째서 이환성은 그 상황에서 그런 행동을 한 것일까?

막말로 유세화를 구한다는 공통의 목적 외에 그가 이신에게 은혜를 베풀 만한 이유가 없었지 않은가.

의문은 쉬이 풀리지 않았다.

그렇게 이신의 표정이 굳어버리자 졸지에 장내가 조용해졌다.

그 어색한 침묵이 깨진 것은 누군가 방문을 열고 들어오면서였다.

"형님의 상태는 좀 어떻⋯ 응?"

넓적한 그릇에 물을 떠온 그는 지나칠 정도로 조용한 방 안 분위기에 의아했다.

그러다 일어나 있는 이신을 보는 순간, 얼른 그릇을 내려놓고 달려왔다.

"드디어 깨어나셨군요, 형님! 몸 상태는 좀 어떠십니까?"

"보는 대로지. 그나저나 너도 전보단 상태가 훨씬 나아 보이는구나, 무린."

확실히 의식을 잃기 전에 봤던 때보다 단무린의 안색은 한결 나아져 있었다.

단무린이 고개를 내저으면서 말했다.

"형님에 비하면 제 부상은 아무것도 아니었죠."

단순한 아부가 아니라 실제로 단무린의 부상은 네 사람 중에서 가장 경미한 수준이었다.

거기다 마의가 직접 제조한 내상단마저 복용했으니 회복은 더욱 빠를 수밖에 없었다.

오히려 그러한 내상단의 도움 없이 자력으로 이틀 만에 의식을 회복한 이신 쪽이 경이롭다고 봐야 했다.

이신이 말했다.

"그래서 지금의 상황은 어찌 된 것이냐?"

이틀이 그리 긴 시간은 아니지만, 그렇다고 해서 마냥 짧은 시간도 아니었다.

이렇게 편안하게 객잔에서 방을 잡고 머무르고 있는 거로 봐서는 따로 흑월의 추적은 없었다고 봐야 할 터.

그러나 그건 어디까지나 추측에 불과할 뿐이었다.

그동안 무슨 일이 있었는지에 대해서 보다 정확하게, 그리고 객관적으로 파악할 필요가 있었다.

이신의 물음에 단무린은 고개를 끄덕인 뒤 말했다.

"흑월의 추적에서는 일단 벗어났습니다."

"일단?"

뭔가 걸렸다.

본능적으로 이를 감지한 이신이 지적하자, 단무린은 역시라는 표정으로 말했다.

"갑자기 중간에 놈들이 추적을 중단하고, 왔던 길을 되돌아갔습니다. 마치 더 중요한 일이 생겼다는 것처럼."

"흠."

얼추 이유는 짐작이 갔다.

이환성이 혈승을 상대하는 사이, 그의 수하들이 유세화를 데리고 도망쳤다.

당연히 흑월의 입장에선 이신의 목숨보다는 유세화의 신변부터 확보하려 드는 게 맞았다.

그러므로 중간에 추적을 중단한 것은 유세화를 찾는 쪽으로 모든 전력을 집중시켰다는 소리일 터.

즉, 지금까지도 이신 일행에 대한 추적이 느슨하다는 것은 아직까지 그들의 손에 유세화가 넘어가지 않았을 가능성이 꽤 높다는 소리이기도 했다.

'성화 역시 가까스로 고비는 넘겼다고 했으니……'

일단 유세화에 대한 걱정은 잠시 덜어놔도 될 듯싶었다.

그리 생각하는 가운데, 단무린이 문득 말했다.

"그리고 그자의 도움도 컸습니다."

"그자라니?"

이신의 반문에 단무린은 꽤나 마음에 안 든다는 표정으로
말했다.

"신창인지, 뭔지 하는 그 작자 말입니다."

"아, 그자 말이군."

신창 우극명.

지금은 사라진 조가창법의 유일한 당대 계승자이자 흑월의
십영 중 무려 이영의 자리에 있었던 자.

그가 단무린 등을 도왔다니.

실로 뜻밖이었다.

앞서 그는 혈승과 이신 간의 싸움에는 절대 끼어들지 않고,
철저히 방관하겠다고 자신의 입장을 분명히 밝히지 않았던가.

한데 그가 그런 자신의 말을 뒤집었다니.

내뱉은 말은 어떤 식으로든 무조건 지키려고 하는 성정으
로 보였기에 더더욱 의외였다.

"갑자기 나타나서 도와주더니, 딱 한마디만 남기고 사라지
더군요."

"뭐라고 했느냐?"

이신의 물음에 단무린은 그때 들었던 우극명의 말을 떠올렸다.

"이걸로 모든 빚은 다 갚았다고 했습니다."

이신은 저도 모르게 피식 웃었다.

아마도 그는 자신의 목숨을 구해준 것에 대한 대가로서 단순히 정보만 건네주고 마는 것으로 대신하기에는 부족하다고 여긴 것이리라.

그렇지 않고서야 굳이 위기에 빠진 이신 일행을 도와줄 이유가 없었다.

'하여간 고지식한 자라니깐.'

그렇기에 더욱 그가 마음에 드는 것이겠지만 말이다.

"그래서 지금 이곳은?"

"장사현 인근에 위치한 상담(湘潭)이라는 곳에 있는 객잔입니다."

"장사현 인근이라면 분명······."

"네, 무림맹의 영역이지요."

굳이 단무린이 이곳에다 객방을 잡은 것도 무림맹의 영역이라면 흑월도 대놓고 날뛰지 못하리라는 나름의 계산하에서였다.

안 그래도 흑월은 지난 정사마 대회합에서 새로운 천마 담천기의 예상치 못한 폭탄 발언 때문에 그 이름이 널리 알려진 상태였다.

덕분에 흑월은 이전보다도 활동이 더욱 조심스러워질 수밖에 없었고, 무림맹 등에서도 이전과 달리 공개적으로 흑월에 대한 수사를 대대적으로 시행하고 있었다.

그러한 사실을 말해주자 이신이 고개를 끄덕였다.

"나쁘지 않은 판단이구나. 정말 나 대신에 수고가 많았다, 무린."

"그리 대단한 건 아닙니다."

단무린은 정말 별거 아니라는 식으로 말했지만, 그의 재빠른 판단 덕에 일행 전체가 맘 편히 휴식을 취할 수 있었던 것은 엄연한 사실이었다.

특히 주군인 이신을 대신해서 그런 판단을 자체적으로 내렸다는 점에서 더더욱 높이 평가할 수 있었다.

그런 그의 어깨를 부드럽게 두드려 준 뒤, 이신은 내내 자신과 단무린의 대화를 옆에서 듣고만 있던 소유붕과 신수연을 바라봤다.

"두 사람도 수고했어."

신수연은 자신을 대신해서 일행을 위기에서 지켰을 것이다. 거기다 내내 이신의 옆을 지키면서 간호하기까지 했다.

그리고 소유붕은 비록 겉으로는 잘 티가 안 나지만, 내내 주변에 대한 경계를 늦추지 않았다.

이신이 지적하기 전까지 줄곧 방 안에서도 은신하고 있었던 것도 그 때문이었다.

그렇게 두 사람에 대한 고마움까지 마저 표한 다음, 이신은 돌연 진지한 표정으로 말했다.

"위기는 가까스로 넘겼지만, 아직 사태는 완전히 해결된 게 아니다. 그건 다 알고 있겠지?"

"그야 물론입니다."

그리 답하는 단무린의 표정은 평소 이상으로 싸늘하기 그지없었다.

앞서 동맹을 맺었던 이환성에 의해서 유세화 탈환 작전은 사실상 실패로 돌아갔다.

거기다 유세화의 신변마저 현재 이환성에게로 넘어간 상황.

상황은 전혀 나아진 게 없었다.

오히려 혈승 때보다 더욱 악화되었다고 봐야 했다.

혈영대의 머리로서 이러한 사태를 미연에 방지하지 못했다는 사실 앞에 그는 내심 스스로에게 분노하고 있었다.

그 뜨거운 분노를 차가운 이성으로 애써 억누르면서 말했다.

"이제 어찌하실 겁니까?"

무작정 이환성을 찾아가려고 해도, 딱히 그에게 연락할 만한 방도가 없었다.

무엇보다도 아직 그들에게는 흑월의 본거지에 대한 단서조차 없는 상황이었다.

이 상황에서 뭘 어찌해야 할지 정하기란 결코 쉽지 않은 일.

단무린의 물음은 나머지 두 사람의 의견을 대변하는 것이기도 했다.

이신은 오른손으로 턱을 괸 채 생각에 잠기더니, 이내 얼마 안 있어 입을 열었다.

"잘하면 그들의 본거지가 어디인지 조만간 알 수 있을지도 모른다."

"네? 그게 무슨 말씀이십니까?"

흑월의 본거지를 알면 아는 거지, 잘하면 알 수 있을지도 모른다는 두루뭉술한 말이라니.

평소의 이신답지 않았다.

이에 이신은 허심탄회하게 어젯밤은 물론이거니와 과거에 도 꿨던 성화에 관련된 꿈에 대해서 천천히 이야기하기 시작 했다.

그렇게 그의 이야기가 모두 끝났을 때, 세 사람은 놀랍다는 눈빛으로 이신을 바라봤다.

"그게 정말 사실입니까? 성화의 의지가 꿈에서 나타나다니. 어찌 그런 일이……."

"마냥 불가능한 건 아니야. 그 정도로 영적으로 강한 존재 라면 본연의 영성을 이용해서 타인의 심상에까지 간섭하는 것도 충분히 가능해."

쉬이 믿기지 않다는 소유붕과 달리 단무린은 환술을 익힌 술 자답게 충분히 있을 수 있는 일이라고 여겼다. 그의 절기인 진 야환마공만 하더라도 환술의 경지를 초월한 수준이 아니던가.

반면 신수연은 두 사람과는 조금 다른 부분에 주목했다.

"진정한 시련이라니. 도대체 그게 뭘까요?"

앞서 혈승과의 싸움만 하더라도 다른 사람들 입장에선 크나큰 시련이라고 할 수 있었다.

한데 그 이상의 시련이 이신에게 닥쳐오다니.

자연 걱정될 수밖에 없었다.

그런 그녀의 마음 씀씀이에 이신은 그녀의 머리를 쓰다듬었다.

이에 신수연은 처음에 살짝 움찔했지만, 이내 가만히 그의 손길에 몸을 맡겼다.

그러면서 이신은 말했다.

"나도 정확히는 모른다. 그에 대해서는 딱히 제대로 말해주지 않았으니까."

그저 조만간 그때가 올 거라는 말만 반복할 뿐이었다.

성화 자신이 있는 곳까지 안내할 사자의 등장과 함께 말이다.

한편 소유붕과 단무린은 그 어느 때보다 진지하기 그지없는 표정을 지었다.

'진정한 시련인지 뭔지 몰라도……'

'두 번 다시 이번과 같은 일이 일어나선 안 된다!'

하마터면 이신이 목숨을 잃을 뻔했다는 사실만으로도 그들에게 이번 일은 평생 기억에 남을 수치요, 반드시 만회하지 않으면 안 되는 실수였다.

특히 소유붕의 경우에는 진주언가에서도 그렇고, 이번에도 마땅히 제대로 활약하지 못했다는 게 줄곧 마음에 걸렸다.

만약 그의 상태만 멀쩡했어도 이신의 운신도 한결 수월했을 테니까.

어쩌면 그리 혼자서 무리하지 않아도 됐을지도 모른다.

그렇게 속으로 혼자 자책하고 있을 때, 문득 단단한 팔뚝이 그의 목을 쓰윽— 감쌌다.

"주, 주군?"

팔뚝의 주인은 다름 아닌 이신이었다.

예상치 못한 이신의 행동에 당황하는 것도 잠시, 곧 이신이 하는 말에 그의 몸이 얼어붙듯이 굳어버렸다.

"너무 혼자서 짊어지려고 하지 마라, 유붕."

"……!"

"넌 최선을 다했어. 그저 상황이 안 좋았을 뿐이야."

냉정하게 말해서 그간 소유붕이 임무 중에 마주한 자들은 죄다 그의 역량을 훨씬 뛰어넘는 고수들이었다.

그런 엄청난 고수들을 상대로 어떻게든 살아남은 것만으로도 그는 충분히 자신이 할 수 있는 일은 다한 셈이었다.

진인사대천명(盡人事待天命).

무릇 사람이 하는 일의 결과는 하늘의 뜻에 달렸다고 하질 않던가?

이번 일 역시 그러한 결과의 일환으로 봐야 했다.

거기다 이미 지나간 일을 가지고 자책하고, 심지어 스스로를 몰아넣는 건 결코 좋지 않은 일이었다.

이를 일깨워 주는 이신의 말에 소유봉은 순간 멍한 표정을 지었다.

그와 동시에 이신은 단무린을 바라보면서 말했다.

"무린, 너도 마찬가지다. 이번 일은 어디까지나 우리 모두의 책임이지, 어느 한 사람의 책임이 아니야."

"형님······."

"뭣보다 이번 일이 실패한 가장 큰 이유는 따로 있다. 그게 뭔지 아느냐?"

"······."

이신의 물음에 단무린은 잠시 침묵했다.

하나 곧 입을 열고 말했다.

"압도적인 전력 차이, 말하자면 믿을 수 있는 아군의 부재 때문입니다."

이환성과의 동맹?

그는 말만 아군이지, 사실상 또 다른 적에 불과할 뿐이었다.

따지고 보자면 이번에 이신 일행은 고작 단 네 명이서 다섯 개나 되는 천라지망을 뚫는다는, 실로 무모한 작전을 수행한 셈이었다.

물론 이신과 신수연 두 사람이 입신경급 고수이고, 소유봉과 단무린 역시도 최소 화경급 고수였으니 단연코 최강의 소

수 정예라고 봐도 무방했다.

하나 흑월 측의 고수들도 그에 못지않은 인선을 자랑했다.

심지어 혈승 외에는 없을 거라고 여겼던 입신경급 고수, 우극명이 등장하는 변수까지 터졌다.

만약 이신 일행의 전력이 지금보다 훨씬 더 추가되었더라면, 그러한 변수에도 유연하게 대처할 수 있었을 터.

그렇기에 이번 유세화 탈환 작전의 실패는 단무린의 말마따나 압도적인 전력 차이, 즉 아군의 부재 때문이라고 보는 게 가장 정확했다.

이신이 고개를 끄덕였다.

"그래, 네 말이 맞다. 그렇다면 이후 우리가 제일 먼저 해야 할 일이 뭐라고 생각하느냐?"

이신의 질문을 듣는 것과 동시에 단무린의 눈이 부릅떠졌다.

동시에 가만히 두 사람의 대화를 듣고 있던 소유붕과 신수연 역시 이신이 말하고자 하는 바가 뭔지 어렴풋이 갈피를 잡은 눈치였다.

모두가 기대 어린 눈빛으로 바라보는 가운데, 이신은 의미심장한 미소를 지으면서 말했다.

"그를 만나러 가야겠다."

*   *   *

"이 시간에 자네가 어인 일인가?"

탁염홍은 늦은 시간에 불쑥 자신의 침소를 찾아온 총사 겸 신안각주, 제갈용연에게 의아한 표정으로 물었다.

이에 제갈용연은 말했다.

"맹주께 긴히 드릴 말씀이 있습니다."

"말해보게."

탁염홍은 자연스레 제갈용연에게 자신의 앞자리를 권하면서 말했다.

그러나 제갈용연은 그가 권한 자리에 앉지 않고, 그 자리에 그대로 선 채로 말했다.

"일단 사람을 물려주십시오."

"……? 갑자기 무슨 소리인가? 사람을 물리라니. 대관절 그대와 노부 말고 누가 또 여기에 있단 말인가?"

"사람을 물려주십시오."

탁염홍의 어이없다는 반응에도 제갈용연은 꿋꿋하게 계속 같은 말만 반복했다.

이에 탁염홍의 표정이 거짓말처럼 싹 가라앉았다.

"…어디까지 알고 있는 것인가?"

평소 탁염홍의 인자하던 음성과는 완전히 다른, 고저가 전혀 느껴지지 않는 싸늘한 음성이었다.

하나 제갈용연은 일절의 표정 변화 없이 말했다.

"별거 없습니다. 그저 맹주께서 개인적으로 흑점과 거래 중이고, 그 흑점이 다름 아닌 흑월의 눈과 귀라는 사실 정도밖에 모릅니다."

"……"

다소 충격적인 제갈용연의 말이 끝났음에도 탁염홍은 아무런 말도 하지 않았다.

그저 묵묵히 제갈용연의 눈만 바라볼 뿐이었다.

그렇게 소리 없는 눈싸움이 얼마나 이어졌을까.

"후우—!"

문득 무거운 한숨 소리와 함께 탁염홍의 몸에서 무형의 기파가 방출되더니 곧 방 전체로 퍼졌다.

제갈용연은 그것이 자신을 위협하기 위해서라기보다는 오히려 기막을 펼쳐서 주변의 이목을 차단한 것임을 알았다.

그리고 기막이 막 완성되었을 때, 탁염홍이 말했다.

"그 정도면 알 만큼은 다 알고 있는 게로군. 그래서 하고 싶은 말이 무엇인가? 혹시 노부를 의심하는……."

"그럴 리가요."

제갈용연은 단칼에 탁염홍의 말을 중간에 자른 뒤, 이어서 말했다.

"맹주께서 그들과 손을 잡은 건 본 맹을 배신하는 게 아니라, 어디까지나 역으로 그들의 윗선까지 접촉해서 흑월의 실체를 파악하기 위한 눈속임일 뿐이잖습니까? 혹시 제 말이 틀렸습니까?"

"…역시 자네는 못 속이겠군. 설마 거기까지 눈치챌 줄이야."

탁염홍이 쓴웃음을 지으면서 졌다는 듯 양손을 들어 올렸다.

그렇다.

그가 흑점과 손을 잡은 것은 그들과 자주 접촉하다 보면 언젠가는 그들의 윗선, 즉 흑월의 상층부와도 연결될 수 있을 거라는 이유 때문이었다.

그걸 측근인 제갈용연 등에게 숨긴 것은 행여 그들 중에 흑월의 간세가 숨어 있을지도 모른다는 일말의 불안감도 없지 않았지만, 다른 것보다도 아군마저 속인 상황이라면 적인 흑월 측에서도 한결 그에 대한 의심을 덜 것이 아니겠는가.

한마디로 일종의 고육지책(苦肉之策)을 펼친 셈이었다.

때문에 괜한 오해나 의심을 받을 각오조차 마친 상황이었는데, 설마 이리도 쉬이 자신의 진의가 들통날 줄이야.

다소 허탈한 표정으로 탁염홍이 물었다.

"그래서 자네가 진짜로 하고 싶은 말이 무엇인가?"

그제야 제갈용연은 자리에 앉았다.

그러고는 본론을 꺼내들었다.

"맹주와 개인적으로 만나고 싶다는 자가 있습니다."

"누가 말인가?"

탁염홍이 반문하면서도 내심 호기심을 감추지 못했다.

굳이 흑점의 이목을 물리라고 할 정도라면 제갈용연이 소개할 사람이 그만큼 대단하고 중요한 인물이란 말일 터.

'도대체 누구지?'

궁금한 가운데, 제갈용연의 말이 이어졌다.

"어쩌면 이 무림의 새로운 영웅이 될지도 모를 자입니다."

第二章
망교지원(亡敎之原)

늦은 저녁.

해가 떨어지기 얼마 지나지 않은 시각에 한차례 난리가 벌어졌다.

"비켜라."

"아, 안 됩니다! 아, 아무리 혈승이시더라도 이 앞은……!"

"비켜."

자신의 앞을 막아서는 무인의 말은 전혀 안 들리는 듯 미공자, 혈승은 같은 말만 반복했다.

이에 무인은 당황을 금치 못했다.

그는 기껏해야 입구의 출입을 통제하는 하급 무인에 불과했지만, 상대는 무려 그 혈승이었다.

평소라면 그가 비키라고 말하기 전에 알아서 먼저 옆으로 비켰을 테지만, 오늘만큼은 그럴 수가 없었다.

왜냐하면 그의 뒤에 있는 건물, 그곳은 화종과 혈종 양측을 통틀어서 가장 중요한 장소로 인식되고 있는 성화전이었으니까.

그리고 성화전의 주인, 신녀가 얼마 전 직접 자신들에게 명령을 내린 상태였다.

신분 여하를 막론하고 어느 누구도 이곳에 발을 들이지 않게 하라고.

설령 그 상대가 혈승이라고 할지라도 말이다.

처음에는 그냥 그만큼 경계를 엄중히 하라는 의미인 줄 알았는데, 설마 진짜로 혈승이 찾아올 줄이야!

무인과 그 동료들은 하나같이 난감하다는 표정을 지었다.

한편 앞을 막아서는 무인들을 바라보면서 혈승은 짜증 어린 표정을 지었다.

생각 같아서는 깡그리 다 쓸어버리고 성화전으로 난입하고 싶었으나, 그럴 수 없었다.

제아무리 무소불위에 달하는 권력을 가진 혈승이라지만, 이곳은 엄연히 화종의 영역이었다.

아니, 더 정확히 말하자면 그의 누이, 신녀의 거처였다.

그런 곳에서 그녀 아래에 있는 사람들을 건드린다는 건 다시 말해서 그녀의 권위에 대한 무시라고 볼 수 있었다.

혈승에게 있어서 신녀는 대우해 주면 해줬지, 절대로 무시할 수 있는 대상이 아니었다.

사실상 입구를 막고 있는 무인들이 여태껏 목숨을 부지하고 있는 것도 혈승의 인내심이 깊기보다는 어디까지나 그녀의 체면을 생각한 결과였다.

안 그랬다면 그들의 목숨은 혈승이 성화전에 당도한 그 순간에 바로 사라졌으리라.

하나 그것도 이제 슬슬 한계가 찾아왔다.

'차라리 확 저지르고, 나중에 용서를 구할까?'

슬금슬금 피비린내 나는 살심이 혈승의 뇌리에서 피어오르려는 찰나였다.

"살기를 거두시지요."

갑작스레 들려온 음성.

그와 함께 혈승의 앞을 막아서던 무사들이 거짓말처럼 좌우로 쫙 물러났다.

그 빈자리에 보란 듯 서 있는 죽립 노인, 이환성을 바라보면서 혈승은 눈살이 찌푸려졌다.

"뚫린 입이라고 잘도 말하는구나, 검제."

아직도 며칠 전 형산에서의 일을 생각하면 저절로 피가 거꾸로 솟는 듯한 기분이었다.

오랫동안 준비해 온 대계 중 하나가 그 때문에 일그러졌다.

그것도 자신과 그의 누이를 위한 계획이 말이다.

그럼에도 혈승은 애써 참았다.

그날 이환성은 말했었다.

모든 건 계시에 따른 것이라고.

흑월 내에서 계시를 받을 수 있는 것은 오로지 신녀인 혈승의 누이에게만 가능한 일이었다.

그 말은 그날 그에게 이신을 구하라고 명한 것도 사실상 신녀의 의지였다는 소리.

그렇기에 혈승은 쉬지 않고 먼 길을 달려오는 것도 모자라서 이곳 성화전에까지 직접 들이닥친 것이다.

그의 누이에게 제대로 된 진상을 듣기 위해서!

하나 남들 모르게 귓전을 때리는 이환성의 전음은 혈승의 안색을 굳어버리게 만들었다.

[안 됐지만, 지금 이곳에 성녀께서는 안 계시오.]

[성녀가 자리를 비웠다? 지금 그런 말도 안 되는 헛소리를 믿으란 것이냐?]

신녀가 멋대로 성화전을 비운다?

그건 있을 수 없는 일이었다.

일단 흑월의 중진들부터가 그걸 용납지 않을 테지만, 보다 근본적인 이유가 있었다.

성화로 안의 성화.

그 불길이 지금껏 유지되는 것은 성화전 전체에 펼쳐진 여러 개의 결계와 온갖 주술의 힘을 기반으로 하는 것이었다.

거기다 그 결계는 성화의 폭주를 억누르는 역할도 겸하고 있었다.

때문에 몸과 마음이 성화에 종속된 신녀로서는 절대로 성화전을 벗어날 수 없었다.

그녀 자신의 의사와 상관없이, 철저하게 강제적으로 말이다.

한데 그런 그녀가 성화전을 비웠다?

만약 그게 가능하려면, 신녀 자신과 성화, 둘 모두가 한꺼번에 성화전을 떠나야 했다.

하나 그리 되면 성화는 폭주하고 만다.

신녀 혼자만의 힘만으로는 성화의 폭주를 장기간 막을 수 없었으니까.

그렇기에 이환성의 말은 현실적으로 결코 성립될 수 없었다.

그리 반박하려는데, 다시금 이환성의 전음이 혈승의 귓전에 파고들었다.

[지금 우리 수중에 그녀가 있다는 걸 잊으셨소이까?]

[…설마?]

혈승은 깨달았다.

성녀가 어찌 성화전을 벗어날 수 있었는지를.

생각해 보면 간단했다.

성화전의 결계나 주술이 존재하는 이유가 무엇인가?

성화의 폭주를 억누를 수 있는 존재가 없기에 그것을 어떻게든 대신하기 위함이 아니었던가.

하나 이환성이 말하는 그녀, 유세화가 있다면 성화전은 굳이 없어도 상관없었다.

진정한 배교의 신녀인 유세화가 직접 성화의 폭주를 억누르면 그만이었으니까.

애당초 성화의 폭주 자체도 그녀의 부재에 의한 것이 아니던가.

그제야 모든 사태를 파악한 혈승이 이환성을 노려봤다.

[어디냐? 어디다 숨긴 것이냐?]

아무리 성화전을 떠나는 게 가능하다고 한들, 그 모든 게 신녀 혼자만의 의지로 가능할 리 없었다.

외부의 누군가가 그녀를 도왔다.

그리고 그 누군가는 이환성일 가능성이 제일 높았다.

그렇기에 신녀가 어디로 사라졌는지를 아는 것도 당연히 그일 수밖에 없었다.

혈승의 추궁에 이환성은 의미 모를 미소를 머금었다.

[글쎄요. 신녀께서 워낙 신신당부한 터라 제아무리 혈승이시더라도 말하기 곤란하군요. 하나.]

[하나?]

[이거 하나만은 확실히 알아주십시오. 노부 이외에는 그 어느 누구도… 그분께서 계신 장소에 대해서 모른다는 것을.]

'이놈이?'

이것은 하나의 협박이자 경고였다.

신녀의 소재에 대해서 아는 사람이 이환성뿐이라면, 반대로 그가 죽으면 영영 신녀의 소재에 대해서도 알 수 없을 테니까.

이에 혈승은 확신하게 되었다.

적어도 현재의 상황에 대한 주도권을 가진 쪽은 자신이 아닌 이환성이라는 사실을.

그리고 한낱 폭력만으로는 절대로 모든 걸 해결할 수 없다는 것까지도.

'보기 좋게 당했군.'

눈앞의 이환성이 아니었다.

지금 이 자리에 없는 신녀, 혈승 자신의 누이에게 당했다는 게 정확한 표현이었다. 그 사실을 인정하는 한편, 혈승은 내심 궁금해졌다.

사라진 자신의 누이, 신녀가 과연 지금 어디에 있을지 말이다.

* * *

뚝뚝—

한두 방울씩 물 떨어지는 소리와 함께 감겨져 있던 유세화의 눈꺼풀이 천천히 들렸다.

'여긴?'

평소에 자주 봤던 천장이 아닌 종유석으로 이루어진 어두운 천장이 그녀의 시야에 들어왔다.

처음엔 왜 자신의 눈앞에 이런 생뚱맞은 풍경이 펼쳐져 있냐에 의문을 품은 그녀였지만, 곧 흐리멍덩하던 그녀의 눈에 본연의 총기가 서서히 돌아오기 시작했다.

"…여긴?!"

단번에 상체를 일으켜 세우면서 유세화는 주변을 바삐 살펴봤다.

아무리 둘러봐도 생전 처음 보는 동굴 안이었다.

거기다 동굴 안은 빛조차 들어오지 않는지 지척 외에는 잘 보이지 않을 만큼 어두웠다.

'도대체 여긴 어디지?'

한껏 경계심 어린 그녀의 눈에는 일말의 두려움도 함께 느껴졌다.

'난 분명 혈승이란 자한테 납치당하고, 그 후 이상한 얼음관 안에 강제로 들어갔는데……'

그 이상의 기억이 없었다.

정확히는 그 후부터 지금 이곳에서 눈을 뜨기 전까지의 기억이 말이다.

그렇게 약간의 혼란에 빠져 있을 때, 그녀의 귓가로 한 줄기 음성이 들려왔다.

"일어나셨군요."

"누구… 허억."

무심결에 목소리가 들려온 방향으로 고개를 돌리는 것도 잠시, 유세화는 저도 모르게 헛바람을 들이켜면서 그대로 굳어버렸다.

어둠 속.

그곳에 웬 조그마한 등 하나를 든 채로 서 있는 이가 있었는데, 그는 다름 아닌 혈승이었다.

이에 유세화의 몸이 굳어버린 것이었는데, 이내 그녀는 한 가지 사실을 자각했다.

방금 전에 들려온 음성.

그것은 분명 남성이 아닌 여성의 것이었다. 그것도 무척이나 아름다운 미성이었다.

물론 혈승의 음성도 미성에 속하긴 했지만, 엄연히 남녀 간의 차이는 존재하는 법.

그러자 처음에는 보이지 않던 것들이 하나둘씩 눈에 보이기 시작했다.

일단 입고 있는 옷차림 자체가 혈승과는 완전히 달랐다.

거기다 입고 있는 검은색 궁장 위로도 확연히 드러날 만큼 아래위로 굴곡진 몸매는 같은 여인이 보기에도 감탄이 나올 만큼 육감적이었다.

다만 한 가지, 아무런 감정이 없는 인형처럼 무표정한 그녀의 얼굴만큼은 혈승의 그것과 소름끼칠 정도로 흡사했다.

처음에 그녀를 보고 유세화가 혈승이라고 착각한 것도 무리는 아니었다.

이에 유세화는 한 가지 사실을 깨달았다.

"당신은 혹시……?"

유세화가 조심스레 물어보자 흑의 여인은 천천히 고개를 끄덕였다.

"맞아요. 저는 혈승의 쌍둥이 동생, 그리고 당신을 대신해서 당대의 신녀를 맡고 있는 혈교의 성녀에요."

"아아, 정말로 당신이……!"

혈승과 너무나 닮아서 혹시나 했는데, 정말로 그녀가 혈승의 동생인 흑월의 신녀일 줄이야!

내내 혈승에게 그녀에 대한 이야기를 적잖이 들었던 터라 직접 이야기 속의 인물인 그녀와 마주하게 되자 유세화로서는 실로 감회가 남다를 수밖에 없었다.

그리고 그건 신녀도 마찬가지였다.

"신기하네요. 저 외의 또 다른 신녀가 정말로 이 세상에 존재하고 있었다니."

물론 성화의 계시나 이환성 등의 말을 통해서 유세화의 존재에 대해서는 이미 알고 있기는 했다.

하나 남의 말로만 듣는 것과 직접 자신의 눈으로 보는 것은 엄연히 다른 법.

생전 처음 보는 또 다른 신녀의 존재에 언제나 무미건조하기만 하던 신녀의 눈에도 일순간이나마 이채가 떠올랐다가 사라질 정도였다.

하나 놀라움은 그리 오래 가지 않았다.

신녀는 언제 그랬냐는 듯 무표정한 얼굴을 한 채 말했다.

"혹시 지금 이곳이 어딘지 아시나요?"

"네?"

유세화가 순간 무슨 말을 하는지 모르겠다는 표정으로 반문했다.

그도 그럴 것이 그건 오히려 유세화 쪽이 그녀에게 묻고 싶은 말이었다.

왜 자신이 이런 생전 처음 보는 동굴 안에서 눈을 떴는가?

그리고 혈승의 쌍둥이 동생이자 현 흑월의 신녀이기도 한 그녀는 왜 자신의 눈앞에 나타난 것인가?

온갖 물음과 의문이 유세화의 머릿속을 어지럽게 헝클어놨다가 사라지길 반복했다.

그런 그녀의 상태와는 상관없이 신녀의 말은 계속 이어졌다.

"아마 모르시겠죠. 아니, 모르는 게 당연할 거예요. 그도 그럴 것이 이곳은 이미 몇몇 사람을 제외하고는 모두의 뇌리에 잊힌 비밀의 장소니까요."

"비밀의… 장소?"

"네, 비밀의 장소예요. 하나 당신과는 전혀 무관하지 않은 장소기도 해요."

"저와 무관하지 않다고요?"

유세화가 의아한 표정으로 되묻자, 신녀는 의미심장한 미소를 지으면서 말했다.

"왜냐하면 이곳은 오래전에 성화가 모셔져 있던 장소, 바로 배교의 성지니까요."

"이곳이 배교의……?"

유세화는 믿을 수 없다는 표정으로 다시금 동굴 안을 둘러봤다.

하지만 시야를 가리는 칠흑 같은 어둠 때문에 정확한 모습을 확인하기는 어려웠다.

이에 신녀는 들고 있던 등을 말없이 위로 올렸다.

그러자 등불의 은은한 조명이 이내 어둡던 동굴 안을 비추었고, 유세화는 이내 발견했다.

신녀의 등 뒤, 그곳에 자리해 있는 낡은 돌 제단을.

'저건?'

유세화의 눈이 저도 모르게 커졌다.

돌 제단.

그것은 분명 그녀가 지난날 꾸었던 백일몽에서 본 그것과 일치했다.

비록 세월의 풍화로 인해서 여기저기 망가진 부분이 적지 않았지만, 그 원형 자체는 고스란히 유지되어 있었다.

그리고 그 제단 위에 자리한 낡은 청동화로.

그 또한 백일몽에서 봤던 물건이었다.

내내 꿈속에서만 존재하는 줄로만 알았던 것을 현실로 보게 되자 믿을 수 없다는 듯 유세화의 시선은 청동화로에서 쉬이 떨어지지 않았다.

그런 그녀의 귓가로 신녀의 음성이 들려왔다.

"대대로 성화를 모셔온 성화로예요. 신녀에게 있어서는 그 무엇보다 중요한 물건이죠."

"성화로……."

백일몽에서 봤던 것들을 연달아 현실로 보게 되자 유세화는 쉬이 믿기지 않는다는 눈치였다.

그러다가 이내 뭔가 깨달았다는 표정으로 신녀를 바라보면서 말했다.

"왜 절 이곳으로 데려온 거죠?"

어떤 의미에선 가장 먼저 했어야 할 물음이었으나, 어쩌다보니 이제야 묻게 되었다.

유세화의 물음에 신녀는 담담한 표정으로 말했다.

"유일하게 이곳만이 저의 오라버니, 혈승의 이목으로부터 자유로운 곳이니까요."

배교의 성지는 어디까지나 신녀들과 그 측근 사이에서만 은밀하게 전해지는 비밀이었다.

그렇기에 공범이라 할 수 있는 이환성이 따로 실토하지 않는 한, 혈승이 자력으로 이곳을 찾아내기란 거의 불가능했다.

하나 유세화는 그리 납득할 수 없다는 표정이었다.

"단지 그 이유 때문이라면 꼭 이곳일 필요는 없을 텐데요?"

단순히 혈승으로부터 몸을 숨기는 거라면 이신의 스승이 남긴 안가와 같은 곳에 조용히 숨어 지내도 충분했다. 굳이 배교의 성지로만 국한 지을 필요가 없었다.

그 점을 콕 집어서 지적하자 신녀는 순순히 고개를 끄덕였다.

"당신 말이 맞아요. 그건 어디까지나 대외적인 명분에 불과할 뿐이죠."

그녀의 대답에 유세화의 눈매가 가늘어졌다.

"애당초 당신의 목적은 저를 이곳까지 데려오는 것이었군요. 제 말이 맞나요?"

"맞아요. 정확히 보셨어요."

"왜 저를 이곳으로 데려오려고 한 거죠? 혹시 그게 당신이 저를 구하려고 한 이유와도 관련 있나요?"

"…어느 정도는 그렇죠."

신녀는 겉으로는 담담한 척 답했지만, 내심 놀라지 않을 수 없었다.

단순히 이신의 보호만 받으면서 살아가는 줄로만 알았던 그녀에게 이런 예리한 면이 있었을 줄이야.

예상 밖이었지만, 그렇다고 해서 그게 나쁜 건 아니었다.

사태를 냉정하게 바라볼 수 있는 눈과 머리가 있다면, 그만큼 자신의 이야기를 이해하는 속도도 빠르다는 소리일 테니까.

신녀는 길게 끌 필요가 없음을 알고는 바로 본론으로 들어 갔다.

"단도직입적으로 말하죠. 저에게는 당신이 반드시 꼭 필요해요."

"제가 필요하다고요?"

유세화의 표정이 살짝 굳어졌다. 동시에 그녀는 저도 모르게 경계심 어린 목소리로 말했다.

"어째서 제가 필요하다는 거죠? 혹시 당신도 혈승 그 사람과 비슷한 목적인 건 아니겠죠?"

그녀가 의심하는 것도 무리는 아니었다.

앞서 혈승은 친동생인 신녀를 위해서 유세화를 대신 희생시키려고 했다.

막 그런 경험을 하고 난 다음이거늘, 신녀 역시 자신이 필요하다고 하니 자연 경계심이 들 수밖에 없었다.

이에 신녀는 고개를 내저었다.

"그건 어디까지나 오라버니 혼자만의 생각일 뿐, 전 저 대신 당신을 희생시키고 싶은 생각은 추호도 없어요. 오히려 그러지 않았으면 하는 입장이죠."

단호한 그녀의 말에 유세화는 짐짓 이해할 수 없다는 표정을 지었다.

"어째서? 엄밀히 말해서 저와 당신은 완전 타인이에요. 거기다 자신의 목숨이 걸린 상황이잖아요. 그런데 어째서……?"

신녀는 자신의 의지와 상관없이 성화의 제물로 바쳐질 운명이었다.

그런 운명을 피할 수 있다면, 다소 이기적으로 굴어도 전혀 이해 못 할 일이 아니었다.

하나 신녀는 단호하게 자신은 그럴 생각이 없다고 말했다.

인간으로서 어찌 그럴 수 있단 말인가?

자연 의구심이 들 수밖에 없었다.

유세화의 반문에 신녀는 똑바로 눈을 마주하면서 말했다.

"그것이 바로 성화의 의지였으니까요."

"성화의 의지?"

그 순간이었다.

화르르륵—!

갑자기 아무것도 없는 성화로에 불길하기 짝이 없는 흑염이 저절로 타오르기 시작했다.

그 불길의 열기와 사이함에 유세화는 순간 움찔하였으나, 한편으로는 너무나 그리운 것을 마주한 듯한 아련함을 동시에 느꼈다.

'이건……'

그 이유 모를 아련함 때문일까?

앞서 느꼈던 경계심과 두려움을 잊기라도 한 듯 유세화는 저도 모르게 천천히 발걸음을 옮겼다. 시선은 여전히 성화로에 고정한 채로.

그렇게 그녀가 홀린 듯 성화로의 코앞까지 다가간 순간이었다.

우우우웅―!

한 차례의 공명음과 함께 유세화의 몸에서 눈부신 백색의 광채가 일어났다.

그러자 칠흑처럼 어둡던 불길이 순간적으로 순백으로 물들었다가 말기를 반복했다.

그 일련의 변화에 신녀의 눈에서 순간적으로 이채가 떠올랐다가 사라졌다.

이윽고 정신을 차린 유세화가 화들짝 놀라면서 뒤로 물러났다.

"허억, 헉! 도, 도대체 무슨 일이……!"

그녀가 한 거라고 해봐야 성화로에 다가간 게 전부였다.

한데 순간적으로 의식을 잃은 것도 모자라서 극도의 피로감이 전신을 짓누르다니!

만형검로를 매일같이 수련할 때조차 느껴본 적이 없는 피로감이었다.

거기다 한순간 그녀의 몸으로 흘러 들어온 한 줄기의 뜨거운 기운!

그 역시 무엇으로부터 비롯된 것인지 알 수 없는 가운데, 신녀가 말했다.

"역시 오랫동안 성화가 기다려 온 사람은 당신이었군요……."

그녀의 말에 한참 호흡을 가다듬던 유세화의 눈이 순간 동 그래졌다.

"성화가 기다려 온 사람? 혹시 아까 말한 성화의 의지가……?"

신녀는 고개를 끄덕이는 것으로 대답을 대신했다.

그러고는 다소 복잡 미묘한 시선으로 성화로 안에서 불타오르는 흑염을 바라봤다.

"보다시피 지금의 성화는 오염될 대로 오염된 상태예요. 더는 본래의 자신을 유지하기 어려울 만큼."

"본래의 자신?"

어쩐지 성화를 사람처럼 여기는 듯한 말투였다.

그렇게 생각하든 말든 간에 신녀는 자기가 할 말만 계속 이어나갔다.

"저로서는 기껏해야 현 상태를 유지하는 정도에 불과해요. 하나 방금 전에도 봤다시피 당신이라면 완전히 성화를 정화하실 수 있어요."

'정화……!'

그것은 유세화도 익히 잘 아는 사실이었다.

이신도 그 점 때문에 흑월에서 그녀를 노리고 있다고 하지 않았던가.

'설마 이 사람도 그것 때문에 나를……?'

단순히 혈승의 계획에 동조할 생각이 추호도 없었다느니 하는 것보다는 훨씬 더 납득이 가는 이유긴 했다.

하나…….

"성화의 정화는 제물로서도 가능한 거 아닌가요? 혈승도 그 때문에 저를……."

유세화의 지적에 신녀는 고개를 내저었다.

"그건 어디까지나 정화라는 수단이 없다는 것을 전제로 행하는 임시방편에 불과해요. 그리고 앞서 말했잖아요. 성화의 완전한 정화. 그건 오로지 당신에게만 가능한 일이라고."

"음."

그건 유세화도 잘 알고 있었다.

혈승이 그녀에게 아주 친절하게 성화의 유래나 현 상황에 대해서 설명해 주었으니까.

그리고 신녀는 덧붙이듯 뇌까렸다.

"가짜인 저와는 다르게 말이죠."

어딘지 착잡함이 느껴지는 그녀의 말투에 유세화는 불현듯 과거 혈승이 했던 말이 떠올렸다.

―언젠가 내 누이가 그러더군. 자신은 어디까지나 가짜일 뿐이라고.

본래라면 혈교의 성녀로 살아가야 했을 그녀가 배교의 신녀로서 살아온 것 자체가 잘못된 일이었다.

따라서 그녀 스스로 자신을 가짜라고 자책할 필요가 전혀 없었다.

하나 신녀의 생각은 조금 다른 듯했다.

"전 언제나 생각했어요. 만약 제가 진짜 제대로 된 신녀였
다면, 이렇게 성화가 괴로워하는 것을 가만히 두고만 보지 않
아도 됐을 거라고 말이죠."

'역시 이 사람……'

아까 전부터 어렴풋이 느꼈지만, 신녀는 성화를 단순한 배
교의 신물 정도로만 여기고 있지 않았다.

그것은 이어지는 그녀의 말을 통해서도 여실히 알 수 있었다.

"성화 안에는 많은 이의 생명이 한데 녹아들어 있어요. 먼
과거에 성화를 모셨던 이들부터 시작해서 전대 신녀님을 포함
해서 그간 제물로 바쳐진 모든 신녀의 영혼까지……. 그리고
전 언제나 심령상으로 그들과 대화를 나눌 수 있었죠."

실로 섬뜩한 말이었다.

죽은 사람의 영과 이야기를 나누다니. 정상적인 인간이라
면 결코 하지 않을 생각이었다.

하나 신녀는 언제나 성화전에 홀로 고립된 존재였다.

그런 그녀에게 성화 안에 존재하는 영과의 대화는 현재의
고독을 잊을 수 있는 유일한 수단이었다.

그걸 깨닫는 순간, 유세화는 저도 모르게 측은한 표정으로
신녀를 바라봤다.

"…그게 당신이 성화를 남다르게 여기는 이유인가요?"

"그뿐만이 아니에요. 역대 신녀들이 자진해서 제물로 희생된 이유가 뭔지 아시나요?"

"자진… 했다고요?"

혈승은 분명 역대 신녀들이 제물로 희생된 것은 엄연히 강제적으로 이루어진 일이라고 했다.

한데 정작 당사자인 신녀는 그렇지 않다고 말하니, 어느 쪽이 맞는 말인지 헷갈릴 지경이었다.

이에 신녀는 살짝 서글픈 표정을 지으면서 말했다.

"이걸 보는 게 더 빠를지도 모르겠군요."

스륵―

말을 마치기 무섭게 신녀는 입고 있던 검은 궁장을 벗기 시작했다.

허물처럼 떨어져 나가는 옷자락과 함께 드러나는 신녀의 알몸.

하나 그것을 바라보는 유세화의 표정은 감탄보다는 경악쪽에 가까웠다.

"그건……!"

새하얗다 못해 창백하다 싶을 정도로 매끈한 신녀의 몸. 하나 그녀의 가슴팍 부분에는 커다란 거미 같은 모양의 흉터가 생겨나 있었다.

화상과는 달랐다.

그보다는 피부의 조직 자체가 괴사하고 있다는 쪽에 가까웠다.

심지어 놀라운 것은 그 범위가 오롯이 심장 부위에 집중되어 있다는 사실이었다.

'만약 저 괴사가 단순히 피부뿐만 아니라 그 아래 장기에까지 미친다면……'

문득 든 생각에 유세화의 등골은 오싹해졌고, 그 사이 신녀는 벗었던 옷자락을 주섬주섬 주우면서 말했다.

"신녀는 주기적으로 성화와 접촉해야 해요. 그리고 계시의 정확도를 높이기 위해서 자신의 몸에다 성화의 기운을 직접 이식하기를 수없이 반복하죠."

그 결과가 지금 그녀의 가슴팍에 생겨난 흉터 자국이었다.

유독 심장 부위에 집중되어 있는 것도 성화의 기운을 이식하는 게 그곳이었기 때문이다.

그새 옷을 다 입은 신녀가 담담한 어조로 말했다.

"역대 신녀들이 제물로서의 운명을 택한 이유, 그것은 저처럼 긴 시간 동안 오염된 성화에 노출되면서 생긴 특유의 병마 때문이에요. 어차피 오래 못 살 것, 한평생을 함께한 성화와 하나가 되는 길을 택한 거죠."

"그런……!"

설마 그런 사정이 있었다니.

들으면 들을수록 신녀의 운명은 실로 기구하기 짝이 없었다.

이어서 신녀는 말했다.

"보다시피 제 목숨도 이제 얼마 남지 않았어요. 길어야 앞으로 한두 달. 그 이상은 무리예요. 그러니 그 안에 부디 제 유일한 바람을 대신 이루어주세요."

"바람이라뇨?"

유세화는 굳은 표정으로 신녀를 바라봤다.

이에 그녀는 뒤돌아서면서 말했다.

"성화의 해방, 그게 제 바람이에요."

그 순간 그녀의 눈이 옅은 흑광을 머금었다.

하나 유세화의 위치상 그러한 신녀의 변화를 알 수 없었다.

오로지 그녀의 망막 위로 맺힌 흑염만이 그 사실을 알 뿐이었다.

第三章
역습개시(逆襲開始)

아직 동이 채 트지 않은 시각.

한 인영이 소리 없이 산문을 나섰다.

등에 찍힌 태극 문양이 눈에 띄는 득라의 차림의 중년인.

그는 무당파의 장로 중 한 명인 청송자였다.

산문을 나서는 그의 표정은 뭔가에 쫓기는 사람처럼 초조하기 그지없었다.

언제나 낙관적인 태도로 만사를 대하는 모습이 흡사 자유로운 바람을 연상케 한다고 해서 따로 청풍검(淸風劍)이라고 불리는 자답지 않은 모습이었다.

심지어 그는 무당파를 대표하는 경공술인 제운종마저 펼칠 만큼 서두르고 있었다.

그렇게 그가 막 산문을 지나 정문에 다다랐을 때였다.

우뚝—!

막힘없이 나아가던 청송자의 신형이 돌연 멈춰 섰다.

그는 실로 믿기 어렵다는 표정으로 눈앞에 서 있는 준수한 외모의 청년을 바라봤다.

"…사질이 이 시간에 어쩐 일인가?"

애써 침착하면서 말했지만, 청송자의 음성은 미세하게 떨리고 있었다.

이에 청년, 운검은 말했다.

"그러는 사숙께서는 이 시간에 어딜 그리 급히 가십니까?"

"그게, 그러니까……."

청송자는 운검의 물음에 쉬이 입을 떼지 못했다.

좌우로 바삐 눈알을 굴리는 그를 보면서 운검은 싸늘한 조소를 머금었다.

"뭔가 켕기는 구석이라도 있으십니까?"

"……!"

순간 청송자의 낯빛이 굳어졌다.

하나 곧 언제 그랬냐는 듯 되레 언성을 높이면서 말했다.

"하늘을 우러러 천지신명께 맹세코 절대로 그런 일은 없네! 설마 자네, 지금 나를 그 흑월인지 뭔지 하는 것들과 한패라고 생각하는 건 아니겠지?"

흑월.

그들의 존재는 지난날 정사마 대회합 때의 소란을 통해서 전 무림에 알려진 상태였다.

덕분에 각파에서는 그들의 세작을 가려내기 위해서 혈안이 되고 있었는데, 무당파 역시 예외는 아니었다.

특히 무당파의 경우에는 이미 자파 내의 암류를 감지, 다른 구대문파와 연계해서 별도의 비밀 조직까지 만든 상태였다.

그에 대한 자세한 사항은 모르나, 중진이라면 누구라도 어렴풋이 알고 있었다.

장문인 청허자의 제자, 운검이 바로 그 조직의 일원일 가능성이 높다는 사실을.

그렇기에 청송자는 강하게 부정했다.

하지만 운검의 품에서 나온 서책을 보는 순간, 그의 안색은 대번에 어두워졌다.

"이게 뭔지 아시겠습니까?"

"그, 그건······!"

운검의 손에 들린 서책.

그건 다름 아닌 금와방주의 이중장부였다.

"이곳에 사숙의 이름이 버젓이 기록되어 있더군요. 그것도 무려 금 오백 냥에 달하는 거금을 금와방주에게 융통하신 것 같은데, 도대체 어디서 그만한 금액을 구하신 겁니까?"

"······."

운검의 질문에 청송자는 졸지에 꿀 먹은 벙어리가 되어버렸다.

비록 장로 중 한 명이긴 하나, 청송자는 자파 내의 자금을 마음대로 횡령할 수 있을 만큼 높은 지위에 있는 건 아니었다.

한데도 자그마치 금 오백 냥이라니!

결코 일개 장로 따위가 융통할 수 있는 규모의 액수가 아니었다.

또한 그것은 지난날 금와방주에게 무한으로의 진출을 명령한 이가 다름 아닌 청송자라는 피할 수 없는 증거이기도 했다.

운검은 싸늘한 눈으로 청송자를 노려봤다.

"증거는 이뿐만이 아닙니다. 지난날 사숙께서 은밀히 누군가와 주기적으로 주고받았던 서신, 그에 대해서도 이미 다 확보해 둔 상태입니다."

"…허허허, 이거 참. 아주 제대로 외통수에 몰리고 말았군."

너털웃음과 함께 청송자는 쓸쓸한 미소를 머금었다.

운검은 이미 모든 증거를 다 모아둔 상태에서 자신을 기다렸다.

이런 상황에서 뭐라 변명하기도 우스울 따름이었다.

하나 이대로 얌전히 당하고만 있는 건 사숙으로서 꽤나 자존심이 상하는 일.

해서 청송자는 곧바로 제운종을 펼쳐서 운검의 등 뒤로 이동했다.

흡사 공간 이동이라도 한 듯한 쾌속한 움직임!

세간에 알려진 청풍검의 명성을 훌쩍 뛰어넘는 실력이었다. 아니, 이 정도면 청풍검이 아니라 질풍검(疾風劍)이라 불려도 부족하지 않은 수준이었다.

이어서 청송자의 검 끝이 푸른 광채로 물들더니, 마치 구름처럼 검첨 위로 겹겹이 층을 이루기 시작했다.

유운검법의 절초, 유운도봉이었다.

그렇게 겹겹이 층을 이루던 푸른 검광은 이내 해일로 화해서 운검을 덮쳤다.

촤아아아악—!

하나 청송자가 펼친 검광의 해일은 운검에게 채 닿기도 전에 좌우로 갈라졌다.

그 사이로 비단 천처럼 부드러우면서 도가 특유의 청량함과 웅혼함을 머금은 푸른빛 검강이 뭉게뭉게 피어올랐다.

'이, 이건 태청강기!'

그저 초식의 힘을 빌려서 펼치는 불완전한 태청강기가 아니었다.

엄연히 내력과 깨달음이 뒷받침되어서 완연한 강기로서의 형태를 갖춘, 그야말로 진품이었다.

'도대체 어느 틈에 이 정도의 실력을!'

세간에 무당신룡이라 불릴 만큼 특출 난 자질을 자랑하는 운검이었지만, 최근 들어 벽에 부딪치면서 제자리걸음에 전전

긍긍하고 있었다.

그 사실은 청송자 역시 익히 잘 알고 있었는데, 대체 어느 틈에 벽을 넘어섰단 말인가?

하나 마냥 경악만 하고 있을 수는 없었다.

이대로 있다간 운검이 부지불식간에 펼친 태청강기에 당하고 말 터!

청송자의 신형이 서둘러서 허공으로 치솟았다.

그러자 마치 한 마리의 제비처럼 허공에서 신형을 자유로이 놀리더니 금세 태청강기의 범위에서 벗어났다.

이윽고 반격에 나서나 싶었으나, 이어지는 그의 행동은 예상과 달랐다.

파팟!

순식간에 멀리 날아가는 청송자!

그가 선택한 것은 다름 아닌 도주였다.

그도 그럴 것이 이 정도의 싸움이라면 금세 주변에서 알아채고, 곧 사람들이 몰려들 것이다.

그때는 도망치고 싶어도, 너무 늦었다.

해서 물러나는 것과 동시에 곧장 정문 밖으로 도망치려고 하는 그의 앞에 뜻밖의 변수가 나타났다.

챙!

"크윽!"

둔탁한 쇳소리와 함께 청송자의 몸이 반쯤 추락하듯이 바닥에 가까스로 착지했다.

그런 그의 주변에 바람처럼 나타난 일곱 명의 중년인.

모두 청송자와 똑같은 득라의를 걸치고 있었는데, 그보다 더 주목해야 할 것은 그들이 각자 서 있는 위치와 진형이었다.

청송자를 중심으로 일곱 명이 서 있는 위치, 위에서 내려다보면 영락없이 북두칠성을 연상케 하는 방위였다.

다름 아닌 칠성검진(七星劍陣)이었다.

그것은 무당파를 대표하는 검진이자, 각각 진의 한 축을 담당하는 일곱 명의 힘을 한데 모아서 소수의 강적을 제압하는 데 특화된 검진이기도 했다.

그 사실을 누구보다도 잘 알고 있는 청송자는 들고 있던 송문검을 힘없이 아래로 축 늘어뜨렸다.

"…반항해 봐야 소용없겠구려."

흑월과 손을 잡으면서 얻은 한 수 재간이 있었으나, 그것만으로는 중년의 도인들이 전력으로 펼치는 칠성검진을 뚫기에 역부족이었다.

방금 전에 무력하게 튕겨져 나간 게 그 증거였다.

모든 걸 다 내려놓은 듯 청송자는 허탈한 표정으로 중얼거렸다.

"이제 어쩌실 참이오?"

그의 말에 일곱 명의 중년 도인 중 가장 나이가 많아 보이는 자가 입을 열었다.

"그건 누구보다 둘째 사제, 자네가 더 잘 알고 있지 않은가."

"장문인, 아니, 대사형······."

청송자는 차마 면목이 없다는 표정으로 중년의 도인을 바라봤다.

그가 바로 소싯적 청송자와 함께 무당팔협(武當八俠)의 일원이었으며, 작금에 와서는 무당제일검이라는 칭호로 더 유명한 무당파의 장문인, 청허자였다.

그리고 그를 제외한 중년의 도인들, 무당파의 여섯 장로 역시 같은 무당팔협의 일원이자 청송자의 사형제였다.

어떤 이는 활화산과 같은 분노를 표하고, 또 어떤 이는 안타까움을 금치 못했다.

그만큼 청송자의 변절은 모두에게 있어서 크나큰 충격이었다.

청허자는 무거운 한숨을 내쉰 뒤 말했다.

"본문의 장문인으로서 명한다. 오늘부로 제자 청송은 본문의 도적에서 파한다! 또한 그의 단전을 폐하고 근맥을 자름으로써 본문에서 베푼 모든 것을 거둬들이도록!"

"장문인!"

"그건 너무······!"

엄중한 처벌을 내릴 것은 알고 있었지만, 설마 파문령을 내리다니!

거기다 단전을 폐하고 근맥을 자른다면 무인으로서의 생명도 끝이라고 봐야 했다.

하나 주변의 놀람에도 불구하고 청허자는 자신의 말을 번복하지 않았다.

결국 청송자는 혈도를 제압당한 상태로 끌려갔고, 이윽고 그의 처참한 비명성이 무당산 전체에 울려 퍼졌다.

평생 쌓아온 내력이 한순간에 다 무위로 돌아가는 것도 모자라서, 손발의 근맥마저 잘려 나가니 그 고통이 어찌 적다고 할 수 있으랴.

그 비명성을 뒤로한 채 청허자는 자신의 제자, 운검에게 말했다.

"고생이 많았다. 네가 아니었다면 청송의 변절을 끝까지 눈치채지 못했을 것이다."

처음 운검이 그의 변절을 주장했을 때, 청허자는 자신의 귀를 의심하고 또 의심했다.

하지만 이내 운검이 제시한 명확한 물증과 정황은 끝내 그 사실을 인정하지 않을 수 없게 만들었다.

특히 금와방주의 이중장부가 가장 큰 역할을 했다.

금와방주는 흑월의 자금원 중 하나였던 자.

그런 그와 연관이 있다는 것만으로도 청송자는 이미 용의선상에서 벗어나기 어려웠다.

거기다 그 외에도 여러 무당파의 인물들이 장부에 기록되어 있었다.

이에 그들을 중심으로 수사망을 좁히자, 그간 진전이 거의 없던 수사가 믿을 수 없을 만큼 급속도로 빠르게 진행되었다.

여러모로 이중장부가 크게 도움이 되었음을 부정하려야 할 수 없었다.

"도대체 그건 어떻게 손에 넣은 것이냐?"

청허자의 물음에 운검은 의미심장한 미소를 머금었다.

"그분의 도움이 컸습니다."

"그분?"

"그분이 누구인지는 이제 곧 알게 될 겁니다. 왜냐하면……."

운검은 예의 미소를 유지한 채 말을 이었다.

"이번 일은 어디까지나 시작에 불과하니까요."

*　　　*　　　*

그 시각.

무림맹의 신안각은 그야말로 난리 아닌 난리가 났다.

중원 각지의 지부에서 동시다발적으로 보내오는 전서구 때문이다.

재미있는 사실은 서신의 내용이 거의 대부분 하나로 일치한다는 것이었다.

─흑월의 세작 발견!

그토록 은밀히 찾아 헤맬 때는 보이지 않던 흑월의 꼬리가 곳곳에서 드러나기 시작했다.

이에 신안각의 요원들은 뭐가 어찌 된 일인지 당최 감조차 잡을 수 없었다.

오로지 신안각주 제갈용연만 느긋한 미소를 머금은 채로 작금의 소란을 바라봤다.

'그가 잘해주고 있군.'

제갈용연은 사흘 전의 일을 떠올렸다.

정사마 대회합이 끝난 뒤로 종적을 감췄던 이신이 갑자기 나타나서는 자신의 딸을 통해서 한 가지 부탁을 해왔다.

바로 그에게 맹주 탁염홍과의 자리를 주선해 달라는 것이었다.

이에 제갈용연은 두말할 것 없이 이신의 부탁을 들어줬다.

그리하여 마련된 자리.

그리고 그날 그 자리에서 이신은 무림맹과 한배에 타고 싶다고 말했다.

무림맹 입장에선 두 손 들고 환영할 일이었다.

이신의 무위는 이미 맹주 탁염홍마저 넘어섰고, 더 이상 마교 소속도 아니었다.

굳이 그와 손을 잡지 말아야 할 이유가 전혀 없었다.

거기에 이신은 한 가지의 제안을 덧붙였다.

바로 흑월만을 상대하는 별도의 조직을 은밀히 만들자는

것이었다.

물론 제갈용연 역시도 그런 생각을 안 해본 것은 아니었다.

흑월은 이미 정사마 구분 없이 전 무림에 퍼져 있었다.

뿐만 아니라 철저한 점조직으로서 움직이고 있기에, 이에 대항하기 위해서는 이쪽 역시도 철저히 소수로 한발 먼저 움직일 필요가 있었다.

그러나 문제는 마땅히 그만한 조직을 맡길 만한 사람이 없다는 것이었다.

이미 제갈용연 등은 각기 맡고 있는 직책이나 위치가 있기에 쉬이 맡기가 어려웠다.

그렇다고 해서 맹 밖의 외인에게 그러한 조직의 운영을 대신 맡길 수도 없는 노릇이었다.

그렇기에 생각에서만 그칠 뿐, 도통 실천으로 옮겨지지 않았는데 그러한 사정을 미리 알고 있기라도 하듯 이신은 말했다.

자신이 그 조직을 책임지고 맡겠다고.

그리하여 오직 탁염홍과 제갈용연만 그 존재를 알고 있는 새로운 별동대 하나가 탄생했다.

―추월대(追月隊).

달을 쫓는다는 뜻의 이름에서 알 수 있듯이 추월대의 목적은 오로지 하나, 흑월의 세작을 색출하는 것이었다.

그리고 그 성과는 지금 이 순간, 적나라하게 드러나고 있었
다.

이에 제갈용연의 얼굴에는 미소가 떠나질 않았다.

'지금부터가 시작이다.'

암암리에 자신도 모르는 사이에 흑월의 간섭과 지배를 받
아왔던 지난 세월.

그에 대한 복수 겸 역습의 시작이었다.

*   *   *

제갈용연이 미소 짓고 있는 그 시각, 목장홍은 얼굴을 잔뜩
찡그리고 있었다.

"…제대로 당했군."

여기저기서 빗발치듯 올라오는 보고.

그리고 그 모든 것을 다 듣고 난 다음에 목장홍의 입에서
튀어나온 첫 한마디였다.

그 뒤 그의 얼굴 위에 새겨진 주름살은 쉬이 펴질 줄 몰랐다.

'설마 그 짧은 시간 사이에 이런 식으로 역습을 가해오다니.'

그저 한두 군데 정도가 당한 거라면 나머지 세작들에게 잠
수를 타라고 명령을 내리면 그만일 터인데, 한꺼번에 다수의
세작이 들통나고 말았다.

이건 누가 봐도 대대적으로 흑월을 견제하는 움직임이었다.

"도대체 누구의 짓이지?"

당장 뇌리에 떠올리는 인물은 몇 있었다.

그중 한 명이 무림맹의 총사이자 신안각주인 제갈용연이었다.

신안각의 정보망은 그야말로 무림 전체에 거미줄처럼 쫙 뻗어져 있기로 정평이 나 있었다.

그런 광대한 정보망을 적극적으로 활용한다면 지금과 같이 동시다발적으로 일을 벌이는 것도 불가능하지 않았다.

그러나 마냥 제갈용연의 수완이라고 단정 짓기는 어려웠다.

본디 제갈용연은 몹시 신중한 성격의 소유자라서 무언가를 결정하고 실행하기까지 걸리는 시간이 남들의 배는 더 걸렸다.

정마대전 때도 그런 그의 지나칠 정도의 신중함이 종종 동심회를 위기에 빠뜨린 바가 있었다.

그렇기에 제갈용연은 자연스레 용의 선상에서 제외되었다.

마교의 사마결 역시 제외 대상이었다.

만약 그가 움직였다면, 흑월 측에서 그 움직임을 사전에 눈치채지 못할 리 만무했다.

거기다 작금의 마교는 정사 양측에게 경계당하고 있는 상황.

섣불리 움직이기가 어려웠다.

'그럼 대체 누구지?'

분명 누군가가 있었다.

자신들에 대해서 잘 알고, 아무도 모르게 수면 아래서 거침없이 이번 일을 뒤에서 꾸미고 있는 누군가가!

그리 확신하는 가운데, 갑자기 수하가 문을 열고 들어왔다.

"크, 큰일 났습니다!"

"또 무슨 일이냐?"

그새 또 다른 문파에 잠입한 세작들이 들키기라도 한 것인가?

절로 골머리가 아파왔는데, 수하의 입에서는 전혀 예상 밖의 말이 튀어나왔다.

"시, 신녀께서 사라지셨습니다! 본 월 어디서도 그분의 모습을 찾아볼 수가 없습니다!"

"뭐, 뭣이?!"

목장홍은 저도 모르게 자리에서 벌떡 일어났다.

신녀가 사라지다니.

이건 세작들이 적발당한 것보다 훨씬 더 큰일이었다.

그리고 그런 그에게 수하는 더욱 충격적인 사실을 밝혔다.

"그, 그리고 그분과 함께 성화 역시 사라졌습니… 커억!"

수하의 말이 채 끝나기도 전에 목장홍은 순식간에 그의 멱살을 붙잡았다.

켁켁— 거리는 수하를 매섭게 노려보면서 목장홍은 말했다.

"…언제부터냐? 신녀와 성화가 사라진 것은."

"커억—! 그, 그게 닷새 전쯤에 신녀께서 성화전으로의 출입을 금하라고 한 뒤로 아무도 본 적이 없으니… 대, 대충 그쯤부터로 추정됩니……."

"천혈검제는! 그 늙은이는 어디 있어!"

이환성은 배교의 호법사자, 즉 언제나 신녀의 곁을 지키는 것이 주 임무였다.

"그, 그자의 행방도 얼마 전부터 묘, 묘연한 상태입니다. 저, 저희도 아직 조, 조사 중에… 크윽!"

수하는 설명하던 와중에 그대로 바닥에 내동댕이쳐졌다. 신음성을 터뜨리면서 괴로워하는 그를 목장홍은 싸늘한 눈빛으로 내려다봤다.

"딱 한 시진만 주겠다. 그 안에 모든 조사를 다 끝마치도록."

"예, 옛? 그, 그런……!"

수하에게는 그야말로 청천벽력과도 같은 소리가 아닐 수 없었다,

이제 와서야 신녀와 성화가 동시에 사라졌다는 것을 알게 되었는데, 고작 한 시진 만에 그에 대한 조사를 끝마치라고 하다니.

현실적으로 불가능한 일이었으나, 살벌한 목장홍의 눈빛을 마주하자 차마 입이 떨어지질 않았다.

그저 울며 겨자 먹기로 고개를 끄덕이는 수밖에 없었다.

억울하지만 어쩌겠는가. 본디 상사의 명령이란 그러한 무리를 강요하는 경우가 허다하거늘.

그렇게 어깨가 축 처진 채로 나가는 수하의 뒷모습을 바라보면서 목장홍은 아랫입술을 지그시 깨물었다.

"신녀도 모자라서 성화까지 사라지다니……!"

앞서 세작 색출 건 따위는 이제 더 이상 중요하지 않았다. 뇌리에서도 순식간에 잊힌 지 오래였다.

그만큼 혹월 내에서 신녀와 성화가 가지고 있는 가치와 중요성이 높고, 그 무엇보다도 우선시될 수밖에 없다는 뜻이었다.

이윽고 목장홍은 무거운 한숨을 내쉬었다.

"후우, 도대체 이 일을 혈승께 뭐라고 보고해야 한단 말인가?"

수하도 수하 나름의 고충이 있겠지만, 그래도 혈승에게 직접 보고를 올려야 하는 그만큼은 아닐 것이다. 그의 경우에는 아예 목숨이 왔다 갔다 하는 문제였으니까.

더군다나 신녀의 경우에는 무려 혈승의 유일한 혈육이 아니던가.

만약 그녀가 행방불명되었다는 것을 알게 된다면 필시 난리가 나도 크게 날 것이었다.

이에 한숨이 절로 나왔으나, 그런다고 해서 보고를 안 할 수는 없었다. 그만큼 이번 일은 시급을 다투는 일이었으니까.

목장홍은 떨어지지 않는 발을 억지로 움직였고, 그길로 곧장 혈승의 거처로 향했다.

하나 도착하자마자 목장홍은 전혀 생각지도 못한 얼굴들을 마주했다.

'저들은?'

그들은 다름 아닌 혈종의 장로들이었다.

평소 혈승에게 이래라저래라 뒤에서 간섭하긴 하지만, 저렇게 여럿이 한꺼번에 몰려오는 경우는 극히 드물었다.

그들 가운데 유독 얼굴빛이 붉은 노인, 대장로 위득량이 말했다.

"혈승이여, 신녀와 성화가 동시에 사라졌소이다. 설마 지금까지 그대는 그 사실을 모르고 있었소? 아님 알고도 모른 체한 것이오?"

'이런, 제길! 저 망할 늙은이가!'

목장홍은 절로 욕지거리가 튀어나오려 하는 것을 가까스로 참았다.

아직 혈승에게 보고하기도 전에 이리 선수를 치다니!

거기다 그의 물음은 실로 교묘하기 짝이 없었다.

만약 혈승이 모르고 있었다고 대답하면 그리 소식이 느려서야 어찌 흑월을 이끌겠냐는 식으로 혈승의 위엄을 있는 대로 깎아내릴 것이다.

반대의 경우라면 왜 알면서 그랬냐고 역시나 혈승에게 불리한 여론을 조성할 것이다.

어느 쪽으로 대답하든지 간에 무조건 혈승에게만 손해였다.

이에 확실히 알 수 있었다.

지금 이 자리는 신녀와 성화가 사라진 것에 대한 책임을 묻는 것을 떠나서 평상시 혈승의 압도적인 힘과 권세에 눌려서 대놓고 뭐라고 못 하던 것을 이참에 속시원하게 되갚아주고,

또한 억눌려진 자신들의 권위를 어느 정도 되찾으려는 게 주목적이라는 것을.

'평소에는 찍소리도 못 하던 노물들 주제에 감히……!'

목장홍은 속으로 울컥했지만, 겉으로는 아무렇지 않은 척 가만히 있었다.

안 그래도 그의 상관인 혈승도 그들의 불만을 빙자한 시비를 가만히 듣고 있는 판국이었다.

상관이 가만히 있는데, 그 밑의 수하가 나서는 건 되레 위득량 등에게 공격할 수 있는 또 하나의 빌미를 제공하는 꼴밖에 안 되었다.

차라리 지금은 조용히 입 다물고 있는 게 상책이었다.

하나 그것도 잠시일 뿐이었다.

혈승이 누구인가?

그는 초대 혈승만 가능했다고 하는 십대마공을 모두 통달한 초인이며, 자신 외의 인간은 모두 아래로 보는 자였다.

결코 이대로 당하고만 있을 위인이 아니라는 소리였다.

필시 어떤 식으로든 반격에 들어갈 터.

그런 목장홍의 예상은 보기 좋게 맞아떨어졌다.

"…대장로, 한 가지만 묻겠다."

"무, 무엇이오?"

위득량은 애써 아무렇지 않은 척 말했지만, 혈승이 입을 여는 순간부터 그의 얼굴에서는 약간의 식은땀과 함께 사뭇 긴

장감이 엿보였다.

지금까지야 명분이 있으니 대놓고 혈승을 추궁했으나, 그렇다고 해서 혈승에 대한 공포심까지 사라지는 것은 아니었다.

그는 아직도 생생하게 기억하고 있다.

혈승이 자신의 스승, 그러니까 전대 혈승을 일수에 패퇴시켰던 순간을.

고작 약관 남짓한 어린 청년의 손에 혈종의 수장이 쓰러지는 광경은 실로 비현실적이었다.

하나 이내 십대마공을 모두 아우른 자만 가질 수 있다는 혈천마안으로 모두를 바라보는 순간, 위득량 등은 감히 그를 새로운 혈승으로 인정하지 않을 수 없었다.

만약 조금이라도 반기를 들었다간, 그 즉시 혈천마안의 마기에 의해서 그대로 절명하고 말았을 테니까.

그렇기에 우득량을 비롯한 장로들은 긴장하면서 이어지는 혈승의 말에 귀 기울였다.

"신녀의 일은 엄연히 우리 혈종이 아닌 화종의 고유 관할이다. 이런 본승의 말이 틀렸나?"

"그건……."

원론적으로는 틀린 말이 아니었다.

하나 이미 혈종이 흑월 전체의 기득권을 차지한 거나 마찬가지인 상황에서 화종의 관할이니 뭐니 따진다는 것은 사실상 무의미한 일이었다.

이에 우득량이 뭐라고 하려고 했으나, 그 전에 혈승이 먼저 선수를 쳤다.

"하나만 더 묻지. 애당초 신녀나 성화에 관해서는 그대들보다 한 발짝 뒤에 물러나 있으라고 지난날 본승한테 간언한 건 어디의 누구였지?"

"으음! 그, 그건……!"

우득량은 순간 꿀 먹은 벙어리가 되고 말았다. 다른 장로들도 마찬가지였다.

혈승에게 그리 간언한 건 다름 아닌 우득량을 비롯한 혈종의 장로들이었으니까.

안 그래도 무소불위에 가까운 권력을 지닌 혈승이었다.

그런 그가 신녀와 성화마저 마음대로 주무르게 된다면, 그야말로 그 누구도 거역할 수 없는 새로운 독재자가 군림하게 되는 꼴이었다.

안 그래도 어린 그에게 복종하는 게 내심 마음에 들지 않는데, 이대로 그가 모든 걸 독차지하는 것만은 두고만 볼 수는 없었다.

하여 우득량 등은 신녀와 혈승이 쌍둥이 남매라는 것을 들먹이면서 친인척 사이에 공적으로 가까워서 좋을 게 없다는 등 온갖 트집을 잡기 시작했다.

그 모든 게 신녀로부터 혈승을 최대한 멀리 떨어뜨려 놓으려는 속셈이었다.

화종 측에서도 완전히 혈종에게 모든 기득권을 넘겨줄 수 없다는 입장이었기에 보기 드물게 그들의 의견에 동조했다.

그리고 그런 그들의 노력으로 말미암아 공적으로 혈승이 신녀와 만날 수 있는 건 오로지 신녀가 성화로부터 계시를 받는 날이라고 정해졌다.

물론 혈승이 마음만 먹었다면 무시할 수도 있는 일이었다.

하나 무작정 힘으로만 찍어 누른다고 단체가 잘 굴러가지는 않는 법이었다.

어느 정도 적당히 숨구멍을 틔워줄 필요는 있었다.

거기다 혈승 자체가 군림하되, 조직 운영에 직접적으로 간섭하는 성향은 아니기에 그를 대신해서 흑월이란 거대한 조직을 굴릴 사람들이 필요했다.

이른바 상부상조.

이를 잘 알기에 혈승도 적당히 그들의 의견을 수용하고, 어느 정도 선에서 타협한 것이었다.

한데 그때의 일을 이런 식으로 이용할 줄이야.

이래서는 혈승이 신녀의 실종에 대해서 알 수 없었던 것은 어디까지나 우득량 등의 지나친 견제 때문이었다고 몰아가는 꼴이었다.

그런데 그것이 또 사실이긴 하기에 우득량 등의 입장에선 마냥 부정하기도 어려웠다.

'이 망할 애송이가……!'

그렇게 대화의 주도권은 스리슬쩍 혈승에게로 넘어갔고, 우득량 등은 별다른 성과도 얻지 못한 채 물러날 수밖에 없었다.

행여나 혈승 쪽에서 작정하고 추궁하면, 그나마 그들이 누리고 있던 기득권마저 송두리째 빼앗길지도 모르니까.

그 모든 것을 뒤에서 지켜보던 목장홍은 내심 감탄을 금치 못했다.

'역시 혈승이시다! 저 노물들을 저리 쉬이 물러나게 만들다니.'

역시 눈에는 눈, 억지에는 억지였다.

물론 평소 혈승의 성격이나 성향에 대해서 우득량 등이 잘 인지하고 있기에 가능한 전법이기도 했다.

안 그랬으면 저들도 끝까지 물고 늘어지려고 했을 테고, 그리 되었다면 매우 높은 확률로 지금 이 자리에서 그들은 처참하게 몰살당했을 테니까.

알량한 자존심이나 이익보다는 목숨부터 부지하고 본 것이다. 원래 늙으면 늙을수록 삶에 더욱 집착하게 된다고 하질 않은가.

여하튼 그들이 물러났기에 목장홍은 자신이 왔던 목적을 수행하려고 했지만, 첫 마디를 뭐라고 꺼내야 할지 심히 난감했다.

앞서 우득량 등과의 대화를 통해서 신녀와 성화 실종 건에 대해서 이미 알 만큼 알게 된 혈승이었다.

그런 마당에 이 이상 그에게 뭘 또 설명해야 하나 싶을 때였다.

"피곤하군. 뭔가 할 말이 있다면 나중에 와라."

"아, 예! 그, 그럼 잠시 후에 다시 들리겠습니다."

뭔가 좀 이상하긴 했지만, 목장홍은 순순히 물러났다. 내심 혈승의 축객령이 반갑기도 했으니까.

때문에 그는 미처 보지 못했다.

그가 혈승의 거처를 나옴과 동시에 혈승의 등 뒤에서 조용히 나타난 그림자를.

그리고 그 그림자는 곧 삿갓을 쓴 노인의 형상으로 변했다.

얼마 전부터 신녀 등과 함께 행방이 묘연하다는 그자.

바로 천혈검제 이환성이었다.

第四章
혼수모어(混水模魚)

"순조롭군요."

단무린의 말에 이신이 고개를 끄덕였다.

"확실히 순조롭지."

책상 위에 펼쳐진 중원 전도.

그 위에 검은 달 모양의 깃발들이 수없이 꽂혀 있었다.

거의 중원 전역을 뒤덮었다고 해도 과언이 아닌 그 깃발들은 금와방주의 이중장부와 단무린의 조사, 그리고 신안각의 정보를 토대로 파악한 흑월의 세작들의 현 위치였다.

그리고 그 주변에 있는 하얀 달 모양의 깃발들은 각지에 동시 파견된 추월대 요원들의 위치였다.

일전에 백염도제 등과의 거래를 통해서 이신이 추월대를 맡게 된 지도 어언 열흘째.

무당파 등을 기점으로 시작된 각 문파의 세작 색출 작업은 순조로이 진행되었다.

검은 달 깃발과 하얀 달 깃발이 거의 엇비슷하게 전도 전체를 차지하고 있다는 게 그 증거였다.

발족한 지 불과 열흘도 채 안 된 신생 단체라고 보기에는 실로 눈부신 성과가 아닐 수 없었지만, 어찌 보면 당연한 일이기도 했다.

우선 정보 수집과 분석에 있어서는 가히 일인군단에 필적하는 능력을 지닌 단무린을 필두로 신안각의 인력까지 실시간으로 총동원되었다.

뿐만 아니라 구대문파는 물론이거니와 여러 명문세가와의 연계가 수월하게 이뤄진 것도 한몫했다.

구대문파의 경우에는 아예 대정회가 추월대의 일원으로 소속된 상태였다.

대정회만으로는 흑월의 세작을 뿌리 뽑기 어렵다는 걸 구대문파 내부에서도 인정한 것이다. 거기다 운검 등이 이신에게 구명지은을 입었기 때문에 그에 대한 보답의 차원도 없잖아 있었다.

명문세가의 경우에는 조금 사정이 달랐다.

그들이 추월대에 협조하는 이유는 어디까지나 지난날 정사마 대회합에서 봤던 이신의 가공할 무위 때문이었다.

안 그래도 그날의 이후로 세간에서는 이신을 낙일검제(落日劍帝)라고 부르고 있었다.

마치 하나의 태양처럼 지면으로 떨어지던 담천기의 강환을 일검에 일도양단하던 모습이 실로 인상적이었기 때문이다.

이에 직간접적으로 이신과 관련이 있는 제갈세가와 하북팽가, 황보세가 등은 어떤 식으로든 그에게 빚을 만들어두는 편이 차후에 자신들에게 훨씬 더 이득이 되리라고 확신했다.

거기다 자신들 내부의 세작까지 처리할 수 있으니 그야말로 일석이조였다.

또한 아직까지 세간에 알려지지는 않았지만, 새외에서도 이신의 아군이 활발하게 움직이고 있었다.

바로 북해빙궁이었다.

지난날 이신에게 구명지은을 입은 소궁주, 지금은 당당히 북해빙궁의 궁주가 된 백도평의 활약은 실로 눈부셨다.

그들은 대막열궁에 의해서 급진적으로 이루어지고 있던 새외일통에 제지를 걸었을 뿐만 아니라, 새외일통에 반대하는 자들을 일일이 끌어모아서 아예 하나의 연합 세력을 이루었다.

흑월에 의해서 이루어지는 새외일통에 대한 견제.

지난날 이신이 백도평에게 부탁한 것도 바로 그것이었다.

덕분에 새외는 하나가 되기는커녕 크게 둘로 나누어지고 말았다.

애당초 흑월이 구상하고 있던 새외 세력을 이용한 중원 침공 계획이 무산되고 만 것이다.

이렇듯 중원과 새외, 양측 모두의 견제가 순조로이 진행되고 있었다.

지나칠 정도로 수월하게 말이다.

"…역시 뭔가 이상하군."

이신의 말에 단무린도 고개를 끄덕이면서 말했다.

"네, 그들답지 않지요."

지금쯤이라면 흑월에서 어떤 식으로든 반응이 나와야 했다.

아니, 애당초 이렇게 속수무책으로 이신 등에게 당하는 것 자체가 이상한 일이었다.

제아무리 추월대의 움직임이 돌발적이었다고 하지만, 흑월에게는 무려 성화를 이용한 예지 능력이 있지 않은가?

이 정도로 큰 손실이라면 어떤 식으로라도 사전에 예지가 떨어졌을 것이고, 그를 이용한 대책을 마련했어야 정상이었다.

한데 지금까지 흑월의 대응은 무력하기 그지없었다.

기껏해야 세작들이 자력으로 도망치거나 사업체를 급하게 정리하는 게 다였다.

마치 이런 일이 일어날 줄은 미처 몰랐던 것처럼.

이에 이신은 확신하게 되었다.

'신녀나 성화, 둘 중 하나에 문제가 생긴 거군.'

어설픈 추측이나 넘겨짚기가 아니었다.

지난날 이환성은 말했었다.

지금의 성화는 주기적으로 제물을 필요로 하고, 주로 제물로 바쳐진 것은 기존의 신녀였다고.

그리고 그 시기는 그리 얼마 남지 않았고, 최근에 혈승이 유세화를 노린 것도 그 때문이라고 덧붙였다.

그것이 의미하는 바는 혈승은 그 누구보다도 신녀를 우선시한다는 것이었다.

이에 성화의 예지로 위기를 사전에 감지하지 못한 것과 흑월의 늑장 대응, 그리고 신녀에 대한 혈승의 태도까지 그 모든 것을 정리해 보자 상황은 금세 머릿속에 그려졌다.

신녀와 성화, 둘 중 하나에게 무슨 일이 일어났다.

정확하게 무슨 일인지까지는 모르겠지만, 적어도 성화의 예지를 흑월의 상층부에 전할 수 없는 상황에 처했다는 것만큼은 확실했다.

이에 이신은 단무린을 향해서 말했다.

"무린, 작전을 변경한다."

"지금 이 시점에서 말입니까?"

이신의 명령은 다소 뜬금없었다.

세작 색출 작업은 순조로이 진행되고 있었다.

비록 현재 흑월의 동태가 조금 수상쩍긴 했지만, 굳이 작전을 변경할 필요까지 있는 걸까?

하나 이신은 단호하게 말했다.

"이건 기회야."

이신의 단호한 말에 단무린도 잠시 생각에 잠기더니 이내 고개를 끄덕였다.

"…확실히 지금 이 기회를 놓쳐서는 안 되겠군요."

지금까지와 같은 세작 색출 작업은 성과가 눈에 보이긴 하나, 솔직히 임시 처방에 불과했다.

당장은 세작들을 대거 잡아내서 흑월의 움직임을 일시적으로나마 저지할 수 있을지는 몰라도, 그들이 또다시 각 문파에다 세작을 심어두면 말짱 다 헛수고였다.

거기다 세작이 어디 막는다고 막아지던가.

막는 데도 엄연히 한계가 있었다.

그러니 임시방편이 아닌 보다 본질적인 해결책이 필요했다.

지금 이신이 새로이 내리려는 명령도 바로 그것이었다.

"지금부터 우리는 흑월의 본거지를 찾는다."

"아아……!"

이신의 말이 끝나기 무섭게 단무린은 탄성을 내질렀다.

그렇다.

세작이고, 나발이고 간에 아예 흑월 그 자체에 직접 타격을 입히거나 박멸하는 게 가장 빠르고 확실한 해결책이었다.

물론 여태까지 그 누구도 해내지 못한 일이었다.

흑월의 본거지 자체가 워낙 극비인 데다, 사전에 예지를 이용한 꼬리 끊기로 매번 허탕을 치기가 일쑤였으니까.

하나 그 예지가 봉인된 상태라면 충분히 도전해 볼 만했다.

뭣보다 진야환마공을 이용한 단무린의 정보 수집력과 신안각의 정보망이 한데 뭉쳐진 지금이라면 더더욱 놈들의 숨겨진 본거지를 찾아낼 수 있는 가능성이 높아진다.

그런 이신의 발 빠른 결단에 단무린은 내심 고개를 끄덕였다.

'역시 형님이시다. 다른 사람 같으면 좀 더 지켜보자고 했을 것을……'

신중하게 사안을 바라보는 것도 물론 중요하지만, 무릇 일에는 때가 있게 마련이었다.

괜히 어물거리다가 때를 놓치는 것보다는 차라리 과감하게 움직이는 편이 더 나았다.

혈영대 시절에도 그랬다.

이신의 동물적인 직감은 종종 머리로는 당해낼 자가 없다는 총군사 사마결의 분석이나 예측을 뛰어넘을 때가 있었다.

그래서 예상 이상의 성과를 선보인 바가 있지만, 그만큼 총군사의 눈 밖에 나기 일쑤였다.

하나 지금 이신의 위에는 아무도 없었다.

엄밀히 말해서 추월대는 오롯이 독립적으로 운영되는 별동대였으며, 맹주령이 아닌 이상 그 움직임에 뭐라고 할 수 있는 사람은 없었다.

심지어 신안각주 제갈용연마저도 추월대의 수장인 이신의 결정에 토를 달 수 없었다.

애당초 그러한 조건이 아니면 추월대를 맡지 않겠다는 단서를 붙였기에 가능한 일이었다.

혹자는 외부인 주제에 너무 건방진 거 아니냐고 할지도 모르지만, 흑월은 전 무림에 암약하는 암중 세력이었다.

거기다 그들의 세작이 언제 무슨 암수를 펼쳐올지 모르는 판국이기에 가능한 내부적으로 추월대의 움직임에 제동이 걸리지 않게끔 해야 했다.

어디까지나 독립적인 조직으로서 운영될 필요가 있다는 소리였다.

게다가 어차피 추월대는 흑월이 사라지면 자연히 사라질 임시 조직.

다소 과하다 싶을 정도의 권한을 준다고 한들, 어차피 한시적인 것에 불과했다.

탁염홍과 제갈용연이 이신의 다소 말도 안 되는 조건을 수용한 것도 그 때문이었다.

물론 이신이 권력 지향적인 인물이 아니라는 점도 한몫했지만 말이다.

아무튼 방침이 정해졌다면 즉각 행동에 들어가야 마땅할 터.

단무린은 조용히 읍하더니 그대로 스르르― 그림자로 화해서 사라졌다.

홀로 남겨진 이신은 허리춤의 영호검을 조용히 매만졌다.

우우우웅―

그러자 영호검은 예고도 없이 나지막하게 울어대기 시작했고, 동시에 이신은 뒤도 돌아보지 않은 채 말했다.

"생각보다 많이 늦었군."

다소 두서없는 그의 말에 등 뒤에서 한 줄기 음성이 들려왔다.

"생각을 정리할 시간이 필요했소."

묵직한 저음.

마치 목소리의 주인의 강직한 성품을 고스란히 드러내는 듯했다.

이에 이신은 저도 모르게 씨익 웃으면서 말했다.

"그래서 대답은?"

그의 물음에 등 뒤에서 천천히 모습을 드러내는 청의장한.

그는 등 뒤에 비스듬하게 매단 장창의 창간을 매만지면서 말했다.

"한참 생각한 끝에 스승의 유지가 떠올랐소. 그리고 깨달았지. 내가 진정으로 있어야 할 장소가 어디인지."

"그게 어디지?"

이신의 물음에 청의장한, 우극명은 피식 웃으면서 말했다.

"앞으로 잘 부탁하오, 주군."

대답은 그것으로 충분했다.

이신은 고개를 끄덕였고, 동시에 우극명은 그를 향해서 넙죽 큰절을 올렸다.

이는 뭇 사람들이 보면 기겁할 광경이었다.

상산조가의 가전절학을 고스란히 이어받은 극섬신창 우극명이 추월대에 합류하다니. 더욱이 그의 무위만 하더라도 무려 입신경이 아니던가.

한 단체에 입신경급 고수가 무려 셋이나 된다는 사실은 실로 경악할 만한 일이었으나, 정작 이신이나 우극명은 그에 관해서 크게 신경 쓰지 않는 눈치였다.

이윽고 절을 마친 우극명이 몸을 일으키면서 말했다.

"그런 의미에서 주군한테 우선 긴히 알려 드려야 할 정보가 몇 가지 있소."

"정보?"

의외의 말인 터라 이신은 저도 모르게 이어지는 우극명의 말에 귀 기울였다.

"본인이 흑월을 떠났다고는 하지만, 완전히 그곳과 끈을 놓지는 않았소."

독불장군처럼 홀로 묵묵히 조가창법만 연마해 온 그였으나, 십영 중 일인이고 나름 그를 동경하는 자들도 제법 있었다.

개중에는 개인적으로 마음을 터놓고 의형제처럼 지낸 이도 몇몇 있었다.

우극명이 알게 된 정보도 그들을 통해서 전해들은 것이었다.

"첫 번째는 신녀와 성화가 현재 실종 상태라는 것이오."

"역시 그랬던가."

어느 정도 확신은 하고 있었지만, 그래도 직접 우극명을 통해서 사실을 전해 들으니 그 의미가 사뭇 남다르게 다가왔다.

이로서 흑월의 예지 능력이 봉인되었다는 추측은 완전 기정사실이 되었다.

"그리고 마지막이자 두 번째, 이건 불과 이틀 전에 들은 말이오."

이틀 전이라면 그야말로 가장 최근의 정보.

안 그래도 조만간 흑월의 본거지를 찾아서 노릴 계획이던 이신의 입장에선 무조건 들어둬야 하는 것이었다.

절로 귀가 쫑긋 세워진 가운데, 우극명은 말했다.

"내분이 일어났소."

흑월의 내분.

아마도 다른 이가 말했다면 헛소리라고 일축했을 것이다.

그만큼 혈승에 의한 흑월의 통치는 실로 굳건하였다.

절대로 내부적으로 흔들릴 여지가 없을 정도로.

하나 다른 사람도 아닌 우극명의 말이기에 결코 흘려들을 수 없었다.

'화종과 혈종이 서로 싸우기 시작했다라……'

이전부터 기름과 물처럼 섞일 듯 섞이지 않는 작자들이긴 했다.

하나 이 시점에서 내분을 일으킬 만큼 그들이 어리석었던가?

"정녕 사실인가?"

이신의 물음에 우극명이 고개를 끄덕였다.

이에 이신은 눈살을 찌푸렸다.

"혈승이 있음에도 그런 일이 가능하다고?"

여전히 의구심이 가득한 그의 반문에 우극명이 이번에는 고개를 내저었다.

"공교롭게도 지금 혈승은 흑월에 없소."

"뭐?"

신녀와 성화가 사라진 마당에 이제는 혈승마저 자리를 비웠다?

'그래, 그래서였군.'

최근 흑월의 대처가 유독 빠릿빠릿하지 않은 데에는 다 그러한 뒷사정이 있었던 것이다.

머리 없이 손발만 따로 움직일 수는 없는 법이었으니까.

우극명의 말이 이어졌다.

"화종의 입장에선 결코 놓칠 수 없는 기회일 것이오. 거기다 주군도 알다시피 이미 내분의 조짐은 있었소."

그렇다.

분명 내분의 조짐은 있었다.

십영의 한 축이었던 우극명에 대한 궁마의 갑작스러운 공격.

처음에는 목장홍의 간계일 거라고 예상했으나, 정작 그 일과 목장홍은 전혀 무관하였다.

또한 혈승의 짓이라고 볼 수도 없었다.

당시 이신의 힘을 빼놓는 게 최우선이라 할 수 있는 그의 입장에서 우극명이라는 패를 한 번 쓰고 버린다는 건 어리석은 짓이었다.

그럼 왜 궁마는 우극명을 공격한 것인가?

이신은 어렴풋이 그에 대한 답을 유추해 냈다.

'이환성, 그자의 짓이로군.'

궁마는 남몰래 세작을 하고 있었던 것이다. 그렇기에 혈승의 의도에서 빗나가는 돌발 행동을 한 것이다.

그리고 그 뒤에 있는 자가 이환성일 거라는 건 조금만 생각해도 금방 알 수 있는 사실이었다.

아마 이번 내분 역시 이환성의 주도 아래 벌어진 것이리라.

사실상 화종을 이끄는 자가 그였고, 그의 지시 없이 화종 측이 멋대로 혈종과 대립할 리 만무했으니까.

우극명이 말했다.

"여하간 공격할 거면 지금이라고 보오."

흑월을 치는 데 있어서 이보다 더 좋은 때는 없었다.

내부에서 서로 다투고 있는 와중에 외부의 적까지 신경 쓰기는 어려운 법이었으니까.

그건 지난날 흑월의 소속이었던 우극명이 누구보다 더 잘 아는 사실이었다.

"그건 그렇지. 하나……."

그럼에도 한 가지 풀리지 않는 의문이 있었다.

내분도 무작정 일으키려고 한다고 해서 일으킬 수 있는 게 아니었다. 어느 정도의 사전 작업은 필수였다.

고로 이환성 쪽에서는 혈승이 언제쯤 자리를 비울지를 계산에 놓고 이번 내분을 일으켰다고 볼 수 있었는데, 도대체 무슨 수로 그걸 알 수 있었을까?

혈승이 자신의 주변에 남의 이목을 그대로 놔두는 걸 허락할 자도 아니고, 멋대로 경솔하게 자리를 비울 만큼 생각이 없는 자도 아닌데 말이다.

'어쩌면……'

만약 이환성의 수중에 혈승으로 하여금 절대로 무시할 수 없는 결정적인 패가 있었다면?

그리고 그걸 이용해서 그가 자리를 비우게끔 만들었다면?

그렇게 생각하니 얼추 아귀가 맞아떨어졌다.

'이환성, 설마 그자가……'

짐작 가는 부분이 있었다.

더욱이 지금까지 봐온 혈승의 성향을 미루어보자면 이환성이 준비한 패는 무조건 통할 수밖에 없었다.

'정말이지. 방심할 수 없는 작자로군.'

비록 인성 면에서는 결점이 많은 작자였으나, 이런 부분에 있어서는 영악하기 그지없었다.

덕분에 이신의 마음이 급해졌다.

'서둘러야겠군.'

이환성이라면 작금의 내분을 정리하는 데 그리 긴 시간을 끌지 않을 것이다.

지리한 국지전을 반복하기보다는 속전속결로 모든 것을 끝내리라.

물론 그럴 수 있을 만한 방도 역시 충분히 마련해 둔 상태로 말이다.

그전에 하루라도 빨리 흑월의 본거지를 찾아야 했다.

저들이 새로운 수장의 지휘 아래 태세를 다시금 정비하기 전에 말이다.

바로 그때였다.

"쯔쯔쯔, 한심하구나. 아해야, 넌 지금 정작 중요한 게 뭔지 잊고 있구나."

"……!"

갑자기 혀 차는 소리와 함께 들려온 늙수그레한 음성.

이신의 고개가 얼른 돌아갔다. 그러자 그곳에는 추레한 몰골의 노인이 서 있었다.

이신은 내심 놀라움을 금치 못했다. 우극명도 놀라긴 매한가지였다. 이토록 가까이 접근할 때까지 입신경의 고수 두 명이 전혀 눈치채지 못하다니.

만약 노인이 말을 걸지 않고 몰래 기습이라도 가했다면, 두 사람은 속절없이 당하고 말았으리라.

여러 가지 떠오르는 궁금증을 애써 뒤로한 채 이신은 말했다.

"실례지만, 어르신께선 누구십니까? 그리고 제가 중요한 걸 잊고 있다니. 대체 무슨 말씀이신지……."

이신의 말이 채 끝나기도 전에 노인이 중간에 끼어들면서 말했다.

"단둘이서만 이야기하고 싶구나."

"음!"

이신과 단둘이서 대화하는 게 아니면 자신의 정체도, 그리고 무슨 목적으로 나타난 것인지도 일절 이야기하지 않겠다는 소리였다.

이신이 슬쩍 우극명을 바라봤다.

우극명은 살짝 염려하는 눈치였으나, 이내 고개를 끄덕이면서 밖으로 나갔다.

그가 나감과 동시에 이신은 주변으로 기막을 펼친 뒤 말했다.

"이제 말씀해 보십시오."

"허허허, 너무 그리 서두를 것 없다. 어차피 다 이야기할 일. 그보다도……."

은근슬쩍 화제를 돌리면서 노인은 물음과는 전혀 상관없는 말을 해댔다.

"보아하니 네가 이끄는 조직이 요 근래에 제법 큰 성과를 거두었더구나. 거기다 네 조직을 중심으로 무림맹은 물론이거니와 구대문파와 여러 명문세가도 함께 손을 잡았다지? 그 말인즉 그들을 따르는 중소방파도 너희와 손을 잡은 격일 테고."

노인의 말에 이신의 눈이 살짝 커졌다.

추월대의 관계자가 아니면 알기 어려운 사실을 모두 꿰뚫어 보다니.

노인의 정체가 더욱 궁금해진 가운데, 노인의 말이 이어졌다.

"사실상 이미 너를 중심으로 중원무림은 하나가 된 거나 마찬가지일 거다. 그것은 흑월이 노리던 자중지란의 함정은 무사히 넘겼다는 의미. 그 이상은 굳이 네가 아니더라도 다른 사람이 대신 그 역할을 이어받아도 될 것이다. 노부의 말이 틀렸더냐?"

"그건……."

노인의 말은 전혀 틀린 게 없었다.

혈승이 굳건히 자리하고 있는 흑월이라면 모를까, 지금의 흑월을 상대로는 확실히 이신까지 있을 필요는 없었다.

뭣보다 작금의 무림은 지난날 마교라는 공공의 적을 상대로 함께 힘을 합쳐서 싸워본 경험이 있었다.

거기다 그들을 이끈 경험이 있는 동심회의 두 수장, 탁염홍과 좌무기도 아직 건재했다.

오히려 이신보다는 그들이 집단을 거느리는 데 있어서는 더 능숙할 터.

"어떤 일에든 적재적소란 게 존재하는 법. 이제는 네 자신에게 주어진, 맡은 바 소임에 집중해야 할 때다."

"도대체 어르신께서는 누구십니까?"

이신은 정말로 궁금하다는 표정으로 노인을 바라봤다.

이에 노인은 히죽 웃더니 등 뒤에서 기다란 천에 둘러싸인 뭔가를 꺼내 들었다.

그리고 천을 칭칭 감싸고 있던 끈을 푸는 순간, 이신의 눈이 저도 모르게 부릅떠졌다.

검붉은 녹이 잔뜩 슬어 있는 직배도.

그것은 분명 과거에 그가 본 적이 있었고, 또한 과거 혈승이 쓰레기 대하듯 아무렇게나 관도에다 내던졌던 물건이었다.

뇌정마도 마운기.

바로 그의 애병이었다.

놀라고 있는 이신의 귓가로 노인의 담담한 음성이 흘러 들어갔다.

"오랫동안 노부를 귀찮게 했던, 몇 안 되는 호적수이자 지기의 물건이다. 비록 그자의 육신은 사라졌을지언정 그의 혼마저 잊히게 할 수는 없지."

"설마 당신께서는……!"

뇌정마도 본인으로부터 직접 그의 과거사를 들었기에 금방 알 수 있었다.

눈앞의 노인의 정체를.

—도신 탁무항.

백염도제 탁염홍의 부친이자 무려 우내삼신 중 한 명이었다.

　자세히 바라보니 확실히 탁염홍이 수십 년 정도 더 늙으면 저런 외모가 될 것 같긴 했다. 그럼에도 바로 알아보지 못한 것은 원체 노인, 도신의 기도가 일개 촌노처럼 평범하기 그지 없기 때문이었다.

　이미 그의 무위가 반박귀진의 단계에 이르렀다는 의미라고 도 볼 수 있었는데, 놀라움은 거기서 끝나지 않았다.

　도신은 품 안에서 무명천으로 감싼 것을 꺼내더니 대뜸 이 신에게 휙 던지듯 넘겼다.

　얼떨결에 받은 이신이 의아한 표정으로 물었다.

　"이게 무엇입니까?"

　"뭐긴."

　도신은 당연하다는 듯이 말을 이었다.

　"네 선사의 부탁으로 노부가 맡고 있던 너희 염마종의 신물 이지."

　"……!"

　이신의 사부, 전대 염마종주 종리찬이 부탁한 물건이라니.

　그것도 염화종의 신물이라니!

　더욱 놀라운 것은 마교의 다섯 종주 중 한 명인 그가 어떻 게 정파의 명숙, 그것도 우내삼신 중 하나인 도신과 인연을 맺 었냐는 사실이었다.

이신은 도무지 믿을 수 없다는 표정을 지었고, 이에 도신이 말했다.

"그저 작은 인연이었을 뿐이다. 어차피 노부에게 있어서 정사마의 구분은 무의미한 일. 거기다 네 선사의 무공에 대한 열의와 집착은 노부마저 두 손 두 발 다 들게 할 정도였지. 오죽하면 노부의 밑천마저 내놓으라고 했을까."

"음."

무슨 말인지 알 것 같았다.

종리찬은 배화구륜공의 부작용을 없애고자 중원 각지를 떠돌았고, 그러다 정파 쪽에서 전해져 내려오는 심공의 도움이 필요하다는 것을 깨달았다.

당연히 도신 정도의 명숙이라면 그에 해당하는 무학 역시 알고 있을 가능성이 높을 터.

아마도 그 과정에서 종리찬과 도신 사이에 인연이 맺어진 것이리라.

'아무리 그래도 그렇지, 설마 사부님과 도신 어르신 사이에 이런 인연이 있었을 줄이야.'

전혀 생각지도 못한 일인 터라 이신은 내심 어안이 벙벙했다.

그러다 문득 잊고 있던 수중의 물건을 바라봤다.

크기 자체는 한 손에 들어올 정도로 별로 크지 않았다.

다만 무명천으로 감싸진 채라서 천의 매듭을 풀지 않는 한, 겉으로만 봐서는 무슨 물건인지 도통 알 수 없었다.

어차피 사부 종리찬이 맡겨둔 물건이라니 그 소유주는 당연히 제자인 이신일 터.

이신은 별다른 부담 없이 무명천의 매듭을 풀었다.

그러자.

우웅―!

웬 청동거울 하나가 모습을 드러냈고, 공명음과 함께 청동거울로부터 한 줄기 기운이 이신의 몸 안으로 흘러 들어왔다.

'이, 이건!'

그것은 다름 아닌 성화의 기운이었다.

하나 흑월의 것과 달리 청동거울에서 흘러 들어오는 기운은 한 점의 티끌 없이 맑았다.

그 기운을 모두 체내로 받아들인 이신은 홀린 것처럼 거울의 뒷면을 바라봤다.

그러자 그곳에는 세 개의 글자가 작게 흘림체로 음각되어 있었다.

―성화경(聖火鏡).

이에 이신은 깨달았다.

이것은 염마종의 신물이 아니라고.

정확하게는 배교의 사라진 신물 중 하나였다.

거기다 잘 살펴보니 성화경의 뒷면에는 이름 외에도 한 장소와 관련된 지도가 새겨져 있었다.

그것이 무엇인지는 물어보나 마나였다.

'성지!'

그와 동시에 이신은 과거 성화의 의지가 했던 말의 뜻을 그제야 알 수 있었다.

—조만간 멀지않은 시기에 사자 한 명이 그대를 찾아갈 것이다.

사자란 다름 아닌 도신을 가리키는 것이었다.

그리고 또 하나의 사실을 깨달았다.

성화의 의지가 말한, 진정한 시련이 마침내 시작되었다는 사실을.

* * *

쾅!

건물이 무너지고, 쏟아지는 파편과 함께 흙먼지가 마구 일어났다.

"크윽!"

무너진 파편 속에서 신음성이 들려왔다.

그와 함께 흙먼지와 핏물 등으로 의복이 더럽혀진 노인이 모습을 드러냈다.

"…결국 여기까지인가?"

허탈한 음성과 함께 입을 연 노인은 다름 아닌 혈종의 대장로, 위득량이었다.

화종의 난데없는 반란에 저항한 지도 어언 사흘째.

처음엔 금방 제압할 수 있을 줄 알았다.

제아무리 혈승이 부재중이고, 그에게 많은 부분을 의지했다고 하지만, 그건 너무 혈종 자체를 만만히 보는 것이었다.

일단 따로 십영이라 칭해지는 고수들을 가려서 선별할 수 있을 만큼 혈종 내부는 풍부한 인재 기반을 갖추고 있었다.

실지로 광풍권마나 뇌정마도 등의 고수를 잃었음에도 혈종 자체의 전력에는 별다른 타격을 입지 않았다는 게 그 증거였다.

그렇기에 화종의 반란은 되레 우스울 따름이었다.

기껏해야 배교의 잔재나 가까운 지식과 화종에 비하면 턱없이 부족한 고수의 숫자로 무얼 획책하려고 든단 말인가?

하나 그것이야말로 치명적인 착각이었다.

아니, 정확히는 아군이라고 여겼던 자들의 변절을 전혀 고려하지 않은 게 가장 큰 실수였다.

우수수―

무너지는 건물 잔해를 뚫고 안으로 들어오는 사내가 그 대표적인 경우였다.

"이제 당신이 마지막이오. 더 이상 무의미한 저항일랑 관두시구려, 대장로."

"궁마 네 이놈! 다른 사람도 아니고, 무려 십영의 일인이었던 네가 본 종을 배신하다니!"

위득량이 당장에라도 씹어 먹을 듯 매섭게 노려봤지만, 궁마는 꿈쩍도 하지 않았다. 오히려 그는 비웃으면서 말했다.

"그러게 진즉에 줄을 잘 서셨어야지. 본인의 말년 운이 나쁜 것을 가지고 괜히 남 탓하기는."

"네 이놈……!"

"됐고, 순순히 이거나 받으시오."

궁마는 품에서 목함 하나를 꺼내들었다. 목함의 뚜껑을 열자마자 징그럽게 앞뒤로 꿈틀거리는 벌레 한 마리가 모습을 드러냈다.

그걸 본 위득량의 표정이 굳어졌다.

"그, 그건……!"

궁마가 꺼내든 벌레는 다름 아닌 뇌자고였다. 지난날 혈승이 담천기를 조종했던 고독이기도 했다. 그리고 뇌자고를 복용한 자는 무조건적으로 모고의 주인에게 복종할 수밖에 없었다.

물론 위득량은 그 사실을 매우 잘 알고 있었다.

왜냐하면 뇌자고는 그를 비롯한 혈종의 수뇌진이 오랜 기간을 기울인 끝에 완성한 희대의 역작이었으니까.

위득량의 격한 반응에 궁마의 입꼬리가 비릿하게 올라갔다.

"역시 이게 뭔지 잘 알고 있구려. 그럼 이야기는 빠르지."

궁마는 곧바로 들고 있던 뇌자고를 위득량의 입속에 집어넣으려고 했지만, 위득량은 황급히 뒤로 물러서면서 육장을 휘둘렀다.

"이 육시럴할 놈! 감히 살아 있는 사람에게 그런 걸 먹이려고 들다니!"

위득량의 거센 저항에 궁마는 히죽 웃었다.

"하하핫, 이제 보니까 양심도 없는 늙은이구만. 정작 이걸 만든 사람이 누군데 그래?"

"그, 그건……!"

"뭐, 됐어. 먹기 싫은 사람한테 억지로 먹이는 건 나도 질색이니까. 대신……."

말을 끝마치는 것과 동시에 궁마의 신형이 위득량의 시야에서 사라졌다.

위득량은 서둘러 주변을 둘러봤다.

십영의 일인이라고 하나, 궁마의 무위는 기껏해야 화경급이라는 게 일반적인 평가였다.

한데 방금 전, 궁마가 보이는 움직임은 화경급 고수를 아득히 넘어서는 수준이었다.

똑같은 화경급 고수인 위득량이 그의 움직임을 놓칠 정도란 게 그 증거였다.

하나 놀라는 것도 잠시, 곧 냉정을 되찾았다.

애당초 궁마가 혈종을 배신하고, 화종의 편에 섰을 때부터 기존의 상식은 무너진 지 오래였다.

당연히 겉으로 드러난 무위 외에 궁마가 남모르게 숨기고 있는 실력이 있었다고 해도 전혀 이상하지 않았다.

위득량은 사라진 궁마를 찾는 대신 양손을 풍차처럼 빠르게 휘둘렀다.

파파파파팍—!

순식간에 사방을 덮치는 핏빛 장력의 파도!

이 정도라면 궁마가 어디에 숨어 있든 간에 모습을 드러낼 수밖에 없었다.

괜히 위치를 파악하려고 심기를 낭비하는 것보다는 확실히 나은 선택이긴 했다.

하나 아쉽게도 위득량이 미처 고려하지 않은 게 있었다.

퓨퓨퓨퓻—!

갑자기 위득량의 귓전을 파고드는 파공성!

화살이 시위를 떠나는 소리였는데, 파공성은 무려 사방에서 연이어 들려왔다.

'어떻게!'

궁마가 아무리 궁술의 달인이라고 하지만, 어찌 인간이 사방에서 동시에 활을 쏘는 게 가능하단 말인가!

가능성은 하나였다.

궁마가 이끄는 천강시마대가 미리 주변에 은신하고 있었던 것이다.

궁마가 모습을 숨김과 동시에 수하인 그들도 공격에 가세했다고밖에 볼 수 없었다.

'비겁한 놈!'

순간 위득량은 이를 바득 갈았지만, 애당초 정정당당하게 일대일로 싸울 거라고 생각한 거 자체가 무른 생각이었다.

핏—!

그리고 그런 그를 비웃기라도 하듯 소리 없이 날아온 화살 한 대가 위득량의 왼쪽 어깨를 스치고 지나갔다.

"크윽!"

예상치 못한 부상에 위득량은 저도 모르게 움찔하였고, 그 찰나의 작은 빈틈을 궁마를 비롯한 천강시마대는 놓치지 않았다.

퓨퓨퓨퓨퓻—!

순식간에 사방에서 쉴 새 없이 날아오는 화살 비!

위득량은 서둘러 보법을 밟으면서 그것을 피하려고 했다.

하지만 미처 피하지 못한 한두 대 정도가 몸에 격중하기 시작하더니, 순식간에 그는 고슴도치를 연상시키는 몰골로 화했다.

'크으, 빌어… 먹을!'

지난 사흘 간, 위득량은 이렇다 할 휴식은커녕 잠조차 제대로 자지 못한 채 쫓겨 다녔다.

만약 그렇지만 않았어도, 이리 허무하게 당하지 않았을 것을.

"크으……!"

진득한 아쉬움이 묻어나는 신음성과 함께 위득량의 신형이 힘없이 쓰러졌다.

그나마 가까스로 치명적인 요혈만은 피한 터라 희미하게나마 숨통은 붙어 있었으나, 그것도 시간문제였다.

그런 그를 어느샌가 모습을 드러낸 궁마가 조소를 머금으면서 내려다봤다.

"거부했으면 그만큼의 대가는 치러야지?"

"미, 미친……."

"미친 건 늙은이 당신이지. 그러게 누가 거부하래."

순순히 뇌자고를 복용했다면, 비록 자유를 잃었을지언정 목숨만은 건졌을 것을.

그렇게 위득량의 어리석음을 비웃고 있는데, 궁마의 등 뒤에서 한 줄기 노회한 음성이 들려왔다.

"이제야 정리가 끝난 건가?"

"아, 오셨습니까, 호법!"

궁마는 앞서 위득량을 대할 때와 달리 깍듯이 고개를 숙이면서 음성의 주인, 이환성을 맞았다.

그런 그의 이중적인 태도를 이환성은 굳이 걸고넘어지지 않았다.

애당초 자신에게 이익이 된다면 언제라도 등을 돌릴 수 있는 자가 궁마였다. 그런 그의 기회주의적인 성향을 잘 알기에 이환성도 그를 제일 먼저 자신의 편으로 끌어들인 게 아니던가.

이환성은 궁마의 인사에 대충 고갯짓으로 반응한 뒤, 고슴도치 신세가 된 위득량을 내려다봤다.

"설마 당신이 이런 몰골이 될 줄이야. 세상 참 오래 살고 볼 일이구려, 혈장마존(血掌魔尊)."

자신의 옛 별호를 이환성이 언급하자, 순간 감겨져 있던 위득량의 두 눈이 번쩍 뜨였다.

마지막으로 태우는 생의 불꽃, 이른바 회광반조의 현상이었다.

동시에 그는 남아 있는 힘을 모두 끌어내서 간신히 입을 열었다.

"끄으으윽……. 거, 검제 네 이놈……! 이, 이러고도 혀, 혈승께서 가, 가만히 계실 거, 거라고 새, 생각하느냐……!"

조만간 혈승이 돌아오면 이환성이 일으킨 반란은 순식간에 무위로 돌아가고 말 것이다. 혈승에겐 충분히 그럴 만한 힘이 있었다.

하나 위득량의 경고에도 이환성은 눈 하나 깜짝하지 않았다.

오히려 그는 위득량에게 되물었다.

"정녕 대장로께선 혈승께서 무사히 돌아올 수 있을 거라고 생각하시오?"

"그, 그게 무슨 소… 서, 설마?!"

위득량은 부지불식간에 뭔가 깨달은 듯한 표정을 지었다. 그러고는 차마 믿을 수 없다는 투로 말했다.

"혀, 혈승께서 여, 여지껏 부재중인 게 거, 검제, 네놈의 소행이었단 말이냐아아아!"

끝에 가서 위득량의 음성은 거의 찢어지다시피 했다.

그만큼 그의 충격은 컸다.

'혀, 혈승의 부재가 놈의 소행이라니. 거기다 저 태도. 설마 혈승께서는 이미 놈의 마수에······!'

시시각각 변해가는 위득량의 표정이 재미있다는 듯 이환성의 입꼬리가 슬며시 올라갔다.

"뭘 상상하든지 간에 혈종, 아니, 혈교의 역사는 오늘로서 막을 내릴 것이오."

"무, 뭐가 목적이냐? 쿨럭! 도, 도대체 뭘 위해서 이런 짓을······!"

말하는 도중에 기침 소리와 함께 각혈을 한 위득량의 눈빛이 전과 비교할 수 없을 만큼 흐릿해졌다.

회광반조 현상으로 간신히 생명의 끈을 붙들고 있던 게 슬슬 한계에 봉착한 것이다.

길어야 한두 호흡 정도 만에 끝날 목숨.

그럼에도 그는 알고 싶었다.

이환성이 지금의 내분을 일으킨 이유가 무엇인지.

그런 위득량의 절실함 때문일까?

마치 그의 마지막 가는 길의 선물이라도 되는 것처럼 이환성은 말했다.

"노부가 바라는 건 오직 하나뿐이오."

위득량은 이제 입을 열 힘조차 없어서 눈빛으로 그게 뭐냐고 반문했다.

이에 이환성은 이어서 말했다.

"배교의 부활, 그것이 노부의 목적이오."

'고작… 그런 이유 때문에?'

위득량은 실로 어처구니없다는 표정을 지었다. 그건 뒤에서 묵묵히 두 사람의 대화를 듣고 있던 궁마도 마찬가지였다.

흑월이라는 조직은 이미 그 자체로 완전히 자리 잡은 상태였다.

군이 그걸 망가뜨리면서까지 배교를 다시 부활시켜 봐야 무슨 이득이 있단 말인가?

과연 그것에 혈승이라는 절대고수조차 포기할 만한 가치가 있단 말인가?

여러 가지 의문이 연이어 꼬리에 꼬리를 물었다.

그런 위득량의 표정을 본 이환성은 처음으로 씁쓸한 표정을 지으면서 말했다.

"…역시 당신도 끝내 이해하지 못하는군. 노부가 무엇 때문에 그것에 집착하는지를."

'……?'

의미심장한 그의 말에 위득량은 다시금 의아하다는 표정을 지었다.

마치 배교의 부활에 집착하는 데에는 다른 이유가 있다는 듯한 말투가 아닌가?

하나 미처 되묻기 전에 한 줄기 검광이 그의 머리 위로 쏟아졌다.

서걱—! 데구르르르—

절삭음과 함께 위득량의 수급이 공처럼 바닥 위로 굴러 떨어졌다.

냉랭한 시선으로 그걸 내려 보는 것도 잠시, 이환성은 도로 장검을 납검한 뒤 한쪽에 멀뚱히 서 있던 궁마에게 대뜸 물었다.

"실망했나?"

꽤나 여러 가지가 압축된 그 물음에 궁마는 쉬이 답하지 못했다.

이환성의 말대로 정말로 배교의 부활 그 자체가 이번 내란의 주목적이었다면 확실히 실망이라고 할 수 있었다.

하나 그 역시도 위득량과 마찬가지로 이환성이 그것에 집착하는 것이 다른 목적 때문이라는 것을 어렴풋이 느끼고 있었다.

문제는 그것이 무엇인지 전혀 알 길이 없다는 것.

이에 이환성의 입꼬리가 올라갔다.

"하긴 이해할 수 없을 테지. 애당초 노부와 자네는 완전히 다른 입장이었으니까."

'다른 입장?'

그 말을 듣는 순간, 뇌리에서 뭔가 '틱' 하고 걸렸다.

동시에 궁마는 말로 표현할 수 없는 위화감을 느꼈다.

왜 그런가 하고 곰곰이 생각해 보니, 금세 이유를 알 수 있었다.

이환성의 태도.

지금껏 그는 자신의 속내를 단 한 번도 속 시원하게 드러낸 적이 없었다.

그건 수족이라고 할 수 있는 궁마 앞에서도 그건 마찬가지였다.

한데 그런 그가 지금 자신의 속내를 드러내고 있었다.

그 이유가 무엇일까?

스륵—

궁마는 저도 모르게 뒷걸음질 쳤다.

본능적인 행동.

하나 그런 그를 비웃기라도 하듯 이환성의 입꼬리가 올라갔다.

"늦었네."

"이런, 시……!"

퍼억—!

채 그가 말을 마치기도 전에 둔탁한 소음이 장내에 울려 퍼졌다.

그리고 머리를 잃은 궁마의 시체가 힘없이 바닥에 쓰러졌다.

그런 그를 웬 혈의소녀가 내려다보고 있었다.

하얗다 못해서 마치 도자기처럼 창백한 피부를 자랑하는 소녀의 오른손은 피로 물들어 있었다.

그것만 봐도 궁마의 머리를 박살 낸 게 다름 아닌 그녀라는 걸 쉬이 알 수 있었다.

그리고 소녀의 등장에 이어서 또 다른 인영 하나가 장내에 모습을 드러냈다.

"이걸로 정리는 다 끝난 건가? 너무 오래 걸렸군."

"당신만 하지는 않을 것이오."

이환성은 싸늘하게 웃은 뒤, 인영을 바라보면서 말했다.

"천마."

그 말에 인영, 전대 천마 담무광의 입꼬리가 올라갔다.

第五章
혈혼인(血魂人)

관도 위.

그 위를 두 남녀가 빠른 속도로 내달리고 있었다.

그러다 문득 여인, 신수연이 멈춰 섰다.

이에 이신도 멈춰 섰고, 그를 향해서 신수연이 말했다.

"정말 우리만으로 괜찮을까요?"

신수연의 물음에 이신은 고개를 끄덕였다.

"물론."

그런 그의 태도는 사뭇 이해하기 어려웠다

불과 며칠 전까지만 해도 기존 자신들뿐만 아니라 추월대의
힘까지 총동원해서 흑월과 싸우기로 다짐하던 그가 아닌가?

한데 지난밤 어찌 된 일인지 이신은 불쑥 그녀를 찾아와서 대뜸 말했다.

—가야 할 곳이 있다. 함께하겠어?

이유는 설명하지 않았다.

그러나 신수연은 군말 없이 고개를 끄덕이면서 이신과 함께 길을 나섰다.

남들이 보면 이해할 수 없는 광경일 것이다.

이전 형산에서의 패배로 이신은 소수 정예가 무조건 답이 아니라는 걸 깨달았다.

무림맹과 협력해서 추월대가 조직된 것도 그 때문이 아니던 가?

그런 그가 마치 이전의 실수를 잊기라도 하듯 다시 이렇게 소수로 움직이다니.

그러나 이신이 아무런 승산 없이 움직이는 자가 아니라는 것은 그녀 역시 잘 아는 사실이었다.

'뭔가 생각이 있으시겠지.'

짐작 가는 바도 없잖아 있었기에 신수연은 그 이상의 말은 하지 않았다.

대신 저 멀리 보이는 풍경을 바라봤다.

아름다운 호수.

그 크기는 호수라기보다는 바다에 가까울 만큼 방대했다.

이곳이야말로 세상 사람들이 살면서 한번쯤은 꼭 봐야 한다고 하는 천하의 명물 중 하나, 동정호였다.

아직 날이 저물지 않았음에도 동정호에는 여러 개의 유선이 떠다니고 있었다.

겉으로만 보기엔 한가하기 짝이 없는 광경이었으나, 정작 신수연의 눈에는 전혀 그리 보이지 않았다.

"…경계가 삼엄하네요."

그녀의 말에 이신이 고개를 끄덕였다.

"삼엄할 수밖에."

상식적으로는 이해하기 어려운 일이었다.

일례로 지금 유객으로 가장한 채 동정호 위에서 꽃놀이를 즐기는 자들만 해도 최소 최상승의 경지에 다다른 고수들이었다.

그 외에도 보이지 않는 눈들이 동정호 곳곳에 자리하고 있었다.

딱 봐도 그들은 뭔가를 찾고 있음을 알 수 있었다. 더불어 제삼자의 접근 역시 차단하고 있다는 것도.

그 말은 뭔가 남들의 눈에 띄어서는 안 되는 걸 찾고 있다고 밖에는 볼 수 없었다.

그 사실을 깨달은 신수연이 소리 없이 곁눈질로 이신을 바라봤다.

그러자 그녀의 시선에 담긴 물음에 답하듯 이신이 입을 열었다.

"화매는 이곳에 있어."

"……!"

순간 신수연의 눈이 부릅떠졌다.

동시에 그녀는 깨달았다.

이곳 동정호를 가득 채운 자들의 정체가 무엇인지를.

'흑월!'

이어서 이신은 지난날 도신과의 일을 포함해서 성화경에 대한 이야기까지 간략하게 이어 나갔다.

그리고 그의 말이 다 끝나는 순간, 신수연의 고개가 절로 끄덕여졌다.

"과연 그리 된 일이군요."

사정을 모두 알고 나자 흑월의 무인들이 동정호 주변을 가득 메운 것도 모두 이해되었다.

그렇다면 더 이상 망설일 이유는 없었다.

파팟!

신수연의 신형이 섬전처럼 바닥을 박차고 날아갔다.

그러자 기다렸다는 듯 숨어 있던 자들이 독니를 드러냈고, 그들의 독니가 신수연에게 닿기 직전,

쩌저저정—!

난데없이 솟아오른 거대한 얼음의 벽이 그들의 공격을 모조리 가로막았다.

"크윽!"

"으어억!"

연달아 신음성을 토해내면서 그들은 쉬이 믿기 어렵다는 표정을 지었다.

그들의 공격은 한낱 병장기만으로 이루어진 게 아니었다.

개중에는 검기, 혹은 강기로 이루어진 공격도 일부 포함되어 있었다.

한데 그 모든 공격이 가볍게 막히고 말다니. 한낱 얼음벽 따위에.

쩌적—

그렇게 놀라는 사이에 금강석처럼 단단하던 얼음벽에 돌연 균열이 일어났다.

이에 그래도 조금이나마 그들의 공격이 통한 건가 싶었지만, 이내 그것이 크나큰 착각이라는 것을 뼈저리게 깨달았다.

파파파파파팍—!

무수히 많은 얼음 파편이 비처럼 그들을 덮쳤다.

그 한 수에 수십 명의 인영이 절명했다.

어떤 이는 얼음 파편에 몸이 꿰뚫린 채로, 또 어떤 이는 얼음 파편에 담긴 냉기에 심맥이 얼어붙은 채로.

가지각색의 모습으로 최후를 맞이한 그들의 모습을 신수연을 무심히 내려다봤다.

어느새 그녀의 머리카락은 푸른빛으로 물들어 있었다.

동시에 극성으로 끌어 올린 한령마기의 기운이 급속도로 주변의 대기를 잠식해 들어갔다.

이를 깨달은 흑월의 무인들은 저도 모르게 주춤거렸고, 그들의 모습을 바라보는 신수연의 눈빛은 얼음처럼 차갑고 무정하기 그지없었다.

그때 누군가가 외쳤다.

"고작해야 한 명이다! 겁먹을 것 없어!"

딴에는 맞는 말이었다.

한 손으로 열 손을 감당하기 어려운 법.

하나 신수연 정도의 고수를 상대로는 통용되지 않는 말이었다.

입신경급 고수는 그만큼 상식을 초월하는 존재였으니까.

그렇기에 무인의 외침은 한풀 꺾인 동료들의 사기를 억지로 끌어 올리기 위한 발악 그 이상도, 이하도 아니었다.

그래도 아예 효과가 없는 것은 아닌 모양이었다.

그의 외침을 들은 무인들의 눈에 다시금 독기가 어리기 시작했다.

그러나 마냥 막무가내로 신수연에게 달려드는 어리석은 짓은 행하지 않았다.

처음 외쳤던 무인이 잇달아 소리쳤다.

"전원 산개해서 각개격… 커억!!"

하나 그의 말이 채 끝나기 전에 단말마의 외침과 함께 무인은 모래성처럼 무너져 내렸다.

어느새 그의 이마에는 전에 없던 투명한 얼음 칼날이 버젓이 박혀 있었다.

그걸 본 무인들은 등골이 오싹해졌다.

신수연이 뭔가 손을 썼다는 전조조차 전혀 느끼지 못했거늘.

기실 그것은 대기에 퍼진 냉기를 암경처럼 날려서 만들어낸 얼음 칼이었다. 이를 위해선 섬세한 내공 운용이 필수였는데, 지금 그녀의 한령마공은 이미 전례를 찾아볼 수 없을 만큼의 경지에 다다른 상태였다.

거기다 마음이 일면 절로 내공이 알아서 일어나는 단계, 심즉동의 경지에 이르렀으니 더욱 그 전조를 눈치채기 어려웠다.

알아챈다면 그와 비슷한 경지에 이른 고수라는 의미였는데, 안타깝게도 장내의 무인들 가운데서 그 정도의 고수는 찾아볼 수 없었다.

그렇기에 이어지는 신수연의 공격은 거의 학살에 가까운 형태로 펼쳐졌다.

물론 흑월의 무인들은 거기에 반격은커녕 제대로 된 저항조차 하지 못한 채 한낱 시체로 화했다.

그런 엄청난 활약에도 불구하고 신수연의 표정은 냉랭하기만 했다.

'고작 이 정도일 리 없어.'

지난날 형산에서 직접 경험해 봤기에 잘 알고 있었다.

흑월은 겨우 이 정도 수준의 무인들만 가지고 경계를 세울 리 없었다. 고작해야 그들은 피라미에 불과했다. 더욱이 이신 의 말에 의하면 사라진 유세화가 이곳 동정호에 있을 가능성 이 높다고 하지 않은가?

그렇다면 혈승 본인이 직접 움직였을 가능성이 높았다.

그렇다면 그의 곁에는 필시 흑월의 정예 중의 정예가 포진 해 있을 터.

틀림없이 진짜배기는 따로 있었다.

그걸 알기에 이신 역시 앞서 싸움에 끼어들지 않고, 뒤에서 묵묵히 팔짱을 낀 채로 서 있는 게 아닌가.

그리고 그들의 예상은 빗나가지 않았다.

휘류류류류류ㅡ!

난데없이 수십 겹의 도기가 미친 듯이 회오리치면서 신수연 의 신형을 덮쳤다.

물론 신수연에게 닿기도 전에 대기에 퍼진 냉기의 막에 허 무하게 막히고 말았지만, 공격은 거기서 끝나지 않았다.

콰과과과과과ㅡ!

공간 자체를 씹어 삼킬 듯 짓쳐드는 다섯 줄기의 새하얀 도 강!

그걸 보는 순간, 처음으로 신수연의 안색이 바뀌었다.

채채채쟁ㅡ!

이제껏 얼음벽이나 냉기의 막으로 공격을 막았던 것과 달리 신수연은 직접 한령마검을 벼려서 도강을 막았다.

일반적인 도강이라면 전혀 그럴 필요가 없을 터.

공격을 막아낸 그녀는 어느덧 자신의 앞에 우뚝 서 있는 다섯 명의 인영 중 유독 장대한 체구를 자랑하는 중년인을 바라보면서 뇌까렸다.

"오호단문도……"

하북팽가의 가전절학 중에서도 오로지 가주와 그 직계 혈손만 익힐 수 있는 것이었다.

자연히 중년인의 정체도 얼추 짐작되었다.

한때 맹호도 팽한성와 함께 팽가의 명예를 드높였던 팽가의 젊은 가주.

─도왕(刀王) 팽주성!

현재 그는 의문의 실종으로 행방이 묘연한 상태였다.

그의 동생이자 장로인 팽한성이 굳이 무림맹의 무상 자리를 맡고 있는 것도 그의 실종으로 인해서 한 단계 아래로 떨어진 팽가의 위상을 유지하기 위함이 아니던가.

한데 그 실종된 도왕이 이곳에 나타나다니.

그뿐만 아니었다,

그의 곁에 서 있는 네 명의 인영도 딱 봐도 범상치 않아 보였다.

못해도 도왕 못지않은 고수들뿐이었다.

하나 신수연이나 이신, 두 사람 모두 그 사실에 당황하지 않았다.

이미 비슷한 사례를 겪어봤기 때문이다.

보타문의 육검선자.

의문의 실종을 맞이했던 그녀도 전혀 뜻밖의 장소에서 나타난 바 있었다.

다름 아닌 환혼시마의 수족으로서 말이다.

"예상은 했지만, 역시 정마대전 전에 실종된 고수들은 모두 혈혼인으로 제련된 모양이군."

이신의 말에 신수연이 동의하는 듯 고개를 끄덕였다.

두 사람 다 아무렇지 않은 듯 말했지만, 이건 실로 큰일이었다.

당시 실종된 고수는 한둘이 아니었다.

정말로 그들 모두가 혈혼인으로 제련되었다면, 생전의 실력을 발휘할 수 있는 생강시가 못해도 수십 구는 더 존재한다는 소리였으니까.

그건 환혼빙인 이상의 마물이라고 봐도 무방했다.

"그걸 알고 있다면, 그대들의 목숨도 오늘로 끝이라는 걸 잘 알겠군."

난데없이 들려온 음성과 함께 한 중년인이 모습을 드러냈다.

핏빛 도복 차림의 중년인.

그는 다름 아닌 십영 중 일인인 적우자였다.

그의 손에는 방울 하나가 들려져 있었는데, 그걸 본 이신의 눈에 이채가 떠올랐다.

"그건 귀령염사의……."

"알고 있다니, 굳이 설명할 필요는 없겠군."

의미심장한 미소와 함께 적우자는 수중의 방울을 흔들었다.

딸랑딸랑—!

그러자 그 방울 소리에 맞춰서 도왕 등을 비롯한 다섯 구의 혈혼인이 일제히 신수연을 향해서 짓쳐들어 갔다.

그뿐만 아니라 어디에 숨어 있었는지 열 구의 혈혼인이 추가로 나타났다.

그들은 도왕 등과 달리 오로지 이신만을 노리고 달려들었다.

그야말로 절체절명의 위기라고 할 수 있는 상황.

하나 이상할 정도로 짓쳐들어오는 혈혼인들을 바라보는 이신과 신수연 등의 표정은 태연하기 그지없었다.

그것이 적우자의 눈에는 심히 거슬렸다.

'건방지긴, 입신경급 고수라고 하지만, 저놈 또한 그에 못지않은 괴물이거늘.'

그 오만함을 차마 그냥 넘길 수 없었다.

따르르르릉—!

그런 그의 심리를 반영하듯 방울 소리가 숫제 종소리처럼 요란하게 장내에 울려 퍼졌다.

그러자 혈혼인들의 눈에 짙은 혈광이 감돌았고, 살기가 전보다 폭발하듯 피어올랐다.

하나 그럼에도 이신 등은 눈 하나 깜짝하지 않았다.

그 이유는 금세 밝혀졌다.

"슬슬 너희들 차례다."

이신의 읊조림과 함께 그의 그림자 속에서 모습을 드러내는 두 개의 인영.

백색 경장의 소녀, 그녀는 다름 아닌 환혼빙인이었다.

그리고 또 한 명, 보랏빛 궁장 차림의 여인이 천천히 기지개를 펴는 순간,

끼아아아아아아아아악—!

소름끼치는 귀곡성이 장내를 뒤덮었다.

"끄르륵……!"

"끄으, 끄……!"

효과는 대단했다.

당장에라도 이신과 신수연을 공격할 것 같던 혈혼인들은 갑자기 길을 잃은 아이처럼 혼란 상태에 빠졌다.

시해마경의 귀곡성에 담겨져 있는 사기, 정확히는 천음마령의 영향이었다.

이에 적우자 역시 당황했다.

"뭐, 뭐냐! 왜 갑자기 초혼령이……!"

그의 손에 들린 방울, 초혼령은 과거 구양세가의 귀물이자

귀령염사의 애병으로 강시 등과 같은 마물의 심령을 지배하는 데 특화된 물건이었다.

거기다 적우자는 초혼령의 제대로 된 사용법, 환혼초마령 역시 귀령염사 못지않게 완벽하게 숙지한 상태였다. 그는 멸문했다는 모산파의 모든 주술을 섭렵한 자. 그 정도는 쉬운 일이었다.

한데 그런 초혼령의 지배가 한낱 강시의 귀곡성 따위에 간단하게 풀려 버리다니.

만약 시해마경이 환혼초마령보다 높은 천음마령의 수법이라는 것을 알았다면 더더욱 놀랐을 것이다.

그렇게 그가 놀라는 사이, 환혼빙인은 소리 없이 신수연의 옆에 나란히 섰다.

이윽고 그녀의 몸에서 백색의 운무가 흘러나오기 시작했다.

쩌저저저적—!

그 운무는 기존 신수연의 푸른 운무와 뒤섞이면서 안 그래도 낮은 주변의 기온을 급속도로 떨어뜨렸다.

급기야 초목은 물론이거니와 동정호의 수면까지도 얼어붙기 시작했고, 당연히 혈혼인들도 예외는 아니었다.

쩌저저저적—!

혈혼인들의 몸 위로 내려앉는 살얼음!

그것은 살인적인 냉기가 그들의 몸 안까지 침투하고 있다는 증거였다.

물론 강시인 그들의 몸이 얼어붙는다고 해서 바로 동사하거나 할 일은 없었다.

다만 문제는 관절이 얼어붙어서 그들의 움직임이 전보다 한층 굼떠진다는 사실이었다.

그건 고수들 간의 싸움에서 있어서는 매우 치명적인 약점이라고 볼 수 있었다.

그리고 그런 기회를 놓칠 만큼 이신은 멍청하지 않았다.

촤자자자자자작—!

순식간에 섬전처럼 혈혼인들을 가르고 지나가는 수십 개의 백광!

이내 백광이 잦아들더니 후두둑— 소리와 함께 조각난 채로 무너져 내리는 혈혼인들의 모습에 적우자는 차마 믿기 어렵다는 표정을 지었다.

"이, 이럴 수가!"

제아무리 얼어붙어서 움직임이 굼뜨다고 하지만, 그와 별개로 혈혼인의 몸은 검강마저 막아낼 정도로 놀라운 방호력을 자랑했다.

한데 그들의 몸이 두부처럼 잘려져 나가다니!

심지어 그 단면조차 유리처럼 깨끗하다는 게 적우자를 더욱 놀라게 했다.

이신은 피조차 묻지 않은 묵빛 검신을 한 차례 매만지면서 읊조렸다.

"조금 단단하긴 하지만, 그래도 별거 아니군."

입신경에 이른 뒤로 이신의 심형살검식은 또 다른 경지로 나아가고 있었다.

그것이 지난날 그가 이환성과의 거래를 통해서 심형살검식의 후초식과 청허신공의 구결을 얻음으로서 더욱 가속화되었다.

딱히 검강을 일으킨 것이 아님에도 혈혼인의 몸을 단번에 베어 넘길 수 있었던 것도 그래서였다.

물론 이신은 그것이 전혀 기쁘지 않았다.

그 모든 게 유세화를 잃은 대가라는 생각이 뇌리에서 떠나지 않았기 때문이다.

이신은 전에 없는 싸늘한 시선으로 적우자를 바라보며 말했다.

"혈승은 어디 있지?"

적우자가 이곳에 있다는 건 그의 주인인 혈승도 근처에 있다는 소리.

이신의 추궁에 적우자는 비지땀을 흘리는 것도 잠시, 곧 입꼬리가 슬쩍 올라갔다.

"…글쎄. 무슨 소리인지 모르겠군. 왜 그걸 나한테 물어보는 거지? 뭐, 정 그렇게 알고 싶다면 무릎이라도 한번 꿇어보던가."

"……"

곧 죽어도 혈승의 위치를 불지 않겠다는 그의 태도에 이신의 표정은 한층 더 싸늘해졌다.

이에 모골이 송연해질 만큼 가공할 살기와 함께 태산처럼 묵직한 무형의 압력이 적우자의 어깨 위로 쿵— 하고 내려앉았다.

'크윽! 예, 예상은 했지만, 이건 그 이상이잖아?!'

괜히 자극했나 싶었지만, 어차피 처음부터 그의 역할은 혈승이 신녀를 되찾을 때까지의 시간을 버는 것이었다.

차라리 지금처럼 계속 이신을 자극해서 조금이라도 더 그의 발목을 붙잡아야 한다는 생각을 할 때였다.

"생각보다 멍청하군."

"무슨 소… 커억?!"

적우자는 말하다 말고 신음성을 내뱉었다.

어느새 이신의 왼손이 그의 목을 꽉 움켜잡고 있었다.

어떻게든 떼어놓으려고 적우자가 발광했지만, 이신의 손은 강철로 만들어진 집게처럼 꿈쩍도 하지 않았다.

이신이 착 가라앉은 음성으로 말했다.

"네가 모시는 누구 덕분에 내 인내심은 이미 바닥이 난 지 오래야. 그러니 지금부터 내가 묻는 말에 똑바로 대답하도록."

스윽—

이신은 영호검을 적우자의 얼굴 옆에 들이밀었다. 쇠붙이 특유의 차갑고 날카로운 감촉이 적나라하게 느껴지자 적우자의 안색은 더 없이 굳어졌다.

그리고 그 상태에서 이어지는 이신의 음성.

"놈은 지금 어디에 있지?"

그것은 마치 사신의 속삭임과도 같았다.

제대로 답하지 않으면, 오로지 죽음만이 그를 기다리고 있을 거라는 확신이 적우자의 뇌리를 가득 채웠다.

얼마의 시간이 지났을까.

꿀꺽―!

문득 침 삼키는 소리와 함께 적우자의 목울대가 한 차례 꿈틀거렸다. 그리고 닫혀 있던 그의 입이 막 열리려는 찰나였다.

푹―!

난데없이 뾰족한 검신 하나가 적우자의 이마 위에서 튀어나왔다.

그대로 이신까지 꿰뚫을 기세였으나, 창졸지간에 신수연이 펼친 얼음벽에 가로막혔다.

그와 동시에 이신은 허무하게 절명한 적우자의 등 뒤에 보란 듯이 서 있는 흑의인을 매섭게 노려봤다.

"…왜 네가 여기 있는 거지?"

그의 물음에 흑의인, 당대의 천마 담천기는 말없이 피 묻은 검을 들어 올렸다.

그러고는 불문곡직하고 이신을 향해서 달려들기 시작했다.

*　　　　*　　　　*

쿠룽—!

사방은 물론이거니와 위아래까지 돌로 된 복도.

그 위를 홀로 걷고 있던 혈의공자, 혈승은 갑자기 들려온 진동음에 문득 멈춰서더니 천장 위를 물끄러미 바라봤다.

"꽤나 위가 시끄럽군."

지금 그가 있는 곳은 배교의 성지가 숨겨진 지하 미로의 한복판이었다.

그럼에도 이곳까지 진동이 느껴질 정도라면 꽤나 강한 자들이 부딪쳤다는 것일 터.

하나 정작 혈승의 반응은 무심하기 그지없었다.

아니, 정확히는 그게 자신과 무슨 상관이냐는 태도에 가까웠다.

지금 그는 딴 일을 생각할 겨를이 없었다.

혈승은 묵묵히 소맷자락에서 뭔가를 꺼내들었다.

그것은 손때가 가득 묻은 낡은 옥패였다.

그리고 거기에는 하나의 이름이 음각되어 있었다.

—선우연.

오래전에 사람들의 뇌리에 잊힌 신녀의 본명이자 오직 쌍둥이 오빠인 혈승, 선우진 본인만 부를 수 있는 이름이기도 했다.

혈승은 무척이나 그립다는 표정으로 옥패에 새겨진 이름을 바라봤다.

"연아……."

지난날 혈승은 이곳에 그의 누이가 있다는 소리를 들었다. 다름 아닌 이환성을 통해서였다.

처음엔 거짓말이라고 여겼다. 그와 이환성은 결코 양립할 수 없는 사이였으니까.

하나 이환성은 절대로 부정할 수 없는 결정적인 증거를 그에게 내밀었다.

그게 바로 혈승의 손에 있는 옥패였다.

혈승의 손이 다시금 품 안을 뒤적였다.

그러자 같은 모양의 옥패가 튀어나왔는데, 거기에는 혈승의 본명, 선우진이라는 이름 석 자가 음각되어 있었다.

이 옥패는 원래 한 쌍으로 이루어진 것이었는데, 그의 부모가 죽기 전에 그들 남매에게 물려준 유일한 유품이었다.

그리고 혈승과 신녀가 한배에서 나고 태어난 쌍둥이 남매라는 증표이기도 했다.

그 때문에 각자 소중하게 간직하고 있었는데, 그중 하나가 이환성의 손에 버젓이 들려져 있다는 게 뭘 의미하겠는가.

덕분에 혈승은 자신의 의지와 상관없이 그의 말을 따를 수밖에 없게 되었다.

그런 그의 선택으로 말미암아 현재 흑월은 완전히 화종의 손아귀에 넘어가고 말았다.

그러한 충격적인 사실을 아직까지 혈승은 모르고 있었지만, 설령 알았다고 한들 그는 자신의 선택을 후회하지 않을 것이다.

아니, 양심의 가책을 느끼기는커녕 오히려 그 사실을 진심으로 기꺼워했을 것이다.

왜냐하면 그가 이 세상에서 유일하게 거슬리게 여겼던 자들이 바로 대장로를 위시한 혈종의 중진들이었으니까.

세상일이란 게 힘만 있다고 다 되는 게 아니었다.

비록 혈승보다 약했지만, 대신 그들에게는 언제라도 신녀의 목숨을 앗아갈 수 있는 권력과 많은 부하가 있었다.

매일같이 성화전에서 몰래 은신 중인 그들이 바로 대장로 등의 수하들이었다.

신녀를 감시하려는 목적도 있지만, 행여 혈승이 그들의 심기를 건드릴 경우 곧바로 그를 위협할 수 있는 수단으로서의 목적이 더 컸다.

이른바 혈승이라는 맹수를 어떻게든 제어하기 위한 목줄이라고 할 수 있었다.

해서 혈승은 지금까지 최대한 참고 또 참아왔다.

지난날 그들이 찾아와서 한마디 했을 때도 말로만 그들을 위협하고 끝낸 것도 그 때문이었다.

하나 이제는 그럴 필요가 없어진 것이니 어찌 기껍지 않으랴.

물론 아직 갚아야 할 빚이 하나 더 있기는 했다.

천혈검제 이환성.

그는 지난날 자신의 원대한 계획을 망친 것도 모자라서 심지어 그를 이용해서 흑월의 분란을 꾀했다.

흑월이야 어찌 되어도 알 바 아니었지만, 자신의 목적을 위해서 그를 이용했다는 사실만은 실로 불쾌하기 그지없었다.

'연이만 되찾으면 그 다음은 너다, 검제.'

그렇게 이환성에 대한 살의를 불태우는 것도 잠시, 혈승은 곧 이상한 사실 하나를 깨달았다.

'그러고 보니 너무 조용하군.'

정확한 길이까지는 모르겠으나, 그래도 제법 깊이 내려왔다는 인식은 있었다.

한데 여기까지 오는 데 딱히 관문이라고 할 만한 게 나타나지 않았다.

이해 못 할 일은 아니었다.

배교가 멸문한 지 벌써 수백 년.

제아무리 정교하고 견고한 기관진식이라고 한들 그 수명은 지극히 제한적이었다.

당연히 수백 년의 세월이 지난 이상, 전부 낡아서 제 몫을 못 할 가능성이 높긴 했다.

하지만 그렇다고 해서 이 정도까지 무방비한 건 아무래도 좀 이상했다.

명색이 성지가 아닌가.

너무나 조용하다 보니 역으로 더 의심스러울 지경이었다.

마치 뭔가 큰 것이 오기 직전까지의 기분 나쁜 고요함, 그 것과 유사했다.

그리고 으레 그렇듯 불길한 예감은 빗나가지 않았다.

후우웅—!

방금 전까지 바람 한 점 안 불던 복도 위로 매서운 광풍이 휘몰아치기 시작했다.

아니, 정확히는 휘몰아치는 게 아니었다.

복도의 대기가 강제로 빨려 들어간다는 게 정확한 표현이 었다.

바로 복도 저편에 위치한 어둠 속으로!

그리고 광풍이 거짓말처럼 잦아드는 순간,

'온다!'

기다렸다는 듯 혈승의 눈에서 요사스러운 혈광이 번뜩였다.

그와 동시에 그의 그림자에서 튀어나오는 두 개의 신형!

혈혼인, 그것도 이곳까지 데려온 수십 구 가운데서도 가장 완성도가 높아서 따로 그의 호위용으로 빼두었던 두 구의 혈 혼인이었다.

그들은 마치 약속이라도 한 듯 어둠 속으로 섬전처럼 질주 했다.

그리고.

퍼퍼퍼퍽—!

둔탁한 소음과 함께 그들은 순식간에 고깃덩어리로 화하고 말았다.

믿었던 호위들의 죽음에도 불구하고 혈승은 당황하는 기색 없이 정면을 바라봤다.

그러자 어둠 속에서 천천히 누군가가 걸어 나왔다.

그는 다름 아닌 가냘픈 외모의 어린 소녀였다.

그리고 방금 전 두 구의 혈혼인을 절명시킨 장본인이기도 했다.

지금도 계속 핏물이 뚝뚝 떨어지는 그녀의 두 주먹이 그것을 증명했다.

외모와는 너무나도 어울리지 않는 기괴한 상황.

거기다 자세히 보니 그녀의 안색은 시체처럼 창백하기 그지없었다.

이윽고 더욱 놀라운 일이 벌어졌다.

스스스스—

바닥에 고인 피가 갑자기 붉은 안개로 화했다. 안개는 소녀에게로 향했고, 그녀는 그것을 당연하다는 듯이 빨아들였다. 손에 묻었던 핏물도 어느덧 안개로 화해서 고스란히 흡수되었다.

그러자 시체처럼 창백하던 그녀의 얼굴에 조금이나마 혈색이 돌아왔다.

그런 그녀의 모습에 혈승이 툭 던지듯 한마디 했다.

"괴물이로군."

비유가 아니라 말 그대로의 의미였다.

소녀는 어디까지나 인간의 탈을 쓴 괴물이었다.

굳이 말하자면 그가 데리고 있는 혈혼인과 비슷한 유형이었다.

아니, 정확히는 지금껏 흑월에서 제련된 모든 혈혼인이 그녀를 모방했다는 게 더 맞으리라.

인간의 피를 흡수하는 괴물.

과거 무림에 그런 얼토당토않은 것이 존재하긴 했다.

그것은 누구보다도 혈승이 더 잘 알고 있는 존재였다.

―혈강시.

바로 혈혼인의 모태이자 혈교를 대표하는 마물이었다.

그리고.

후우우우우우우웅―!

다시금 복도 위로 휘몰아치기 시작하는 광풍이 그에게 말해주고 있었다.

소녀, 혈강시는 혼자가 아니라고.

第六章
신명일체(信名一體)

캉캉캉캉—!

백광과 흑광이 서로 부딪쳤다가 떨어지길 반복했다.

그때마다 고막이 터질 듯한 마찰음이 연신 터져 나왔는데, 그럼에도 이신과 담천기, 둘 중 어느 누구 하나 멈추지 않았다.

두 사람은 그야말로 전심전력으로 서로 부딪치고 있었다.

특히 담천기의 경우는 마중마, 천마의 성명절기인 천마지존공의 위력을 맘껏 과시하고 있었다.

쿠쿵! 콰과광!

그가 쏘아대는 검은빛의 마기, 천마지존기가 허공을 가를 때마다 대기가 비명을 질러댔고, 동정호의 물결은 연신 거칠게 파문을 일으켰다.

이전 혈승에게 강제로 이지를 지배당했을 때와는 달랐다.

담천기는 철저하게 자신의 힘을 통제하고 있었고, 또한 초식을 펼치는 데 있어서 한 치의 빈틈도 보이지 않았다.

거기다,

쿵!

이따금씩 기습적으로 펼치는 천마군림보의 무형지기가 이신의 움직임을 강제하였다.

그렇다 보니 평소 같으면 충분히 피할 수 있는 공격도 일일이 맞대응할 수밖에 없었다.

두 사람의 싸움을 지켜보던 신수연이 문득 중얼거렸다.

"왜 저런 짓을 하는 거지?"

담천기의 목적이 뭔지는 누가 봐도 훤히 다 보였다.

이신의 발을 묶어두는 것.

그 증거로 담천기는 필사적으로 자신이 할 수 있는 최선을 다하긴 하되, 정작 이신의 목숨을 끊을 수 있는 결정적인 절초는 펼치지 않았다.

이는 최대한 싸움을 길게 끌려는 속셈이라고 밖에는 볼 수 없었다.

하나 신수연의 머릿속에서는 여전히 물음표가 떠나지 않았다.

이신과 담천기, 두 사람의 실력 차는 이미 크게 벌어질 대로 벌어진 상태였다.

실제로 시간이 지날수록 담천기의 호흡이 처음보다 가빠진 반면, 이신의 호흡은 시종일관 고요하기만 할 따름이었다.

마치 거칠게 불어대는 태풍 앞에서 유유히 흔들리는 갈댓 잎 같다고나 할까.

이대로는 승산이 없었다.

그 사실을 담천기 역시 모를 리 없을 터.

하나 그는 묵묵히 천마지존기가 한데 응집된 검은 검강을 날려댔다.

콰과과과광—!

폭발음과 함께 이신의 몸이 뒤로 날아갔다. 그것도 모자라서 마치 물수제비처럼 동정호 수면 위로 주르르륵— 미끄러졌다.

그와 함께 피어오르는 물보라를 바라보던 담천기의 표정이 일시적으로 살짝 굳어졌다.

누가 봐도 이신의 반응은 어색하기 짝이 없었다.

아무리 천마지존기를 응집한 검강이라고는 하지만, 이신의 실력이라면 같은 강기로 맞받아쳐도 됐을 터.

그런데도 저렇게 요란스럽게 밀려났다는 것은 아무리 봐도 이상했다.

정확히는 담천기의 공격을 역이용해서 뒤로 물러났다고 보는 쪽이 훨씬 타당했다.

이에 담천기가 뭔가 깨달은 듯한 표정을 짓더니 이내 곧 노한 표정으로 외쳤다.

"도망치는 거냐, 이신!"

자신과의 싸움을 포기하고, 대신 배교의 성지로 향한다!

이신이 보인 돌발 행동을 그리 해석한 담천기는 분노와 수치심으로 벌게진 얼굴로 수면 위를 맹렬하게 내달렸다.

그런 그를 바라보면서 신수연은 속으로 뇌까렸다.

'그럴 리가.'

담천기의 생각은 틀렸다.

그녀가 아는 이신은 결코 적을 눈앞에 두고 도망치는 이가 아니었다.

그렇기에 그녀는 지금 이신의 행동이 엄연히 의도적인 거라고 확신했다.

필시 이신의 진짜 노림수는 따로 있으리라.

그것은 바로 코앞까지 다가온 담천기의 검격이 이신의 몸에 맞닿는 것과 동시에 밝혀졌다.

스르르―!

이신의 몸은 환영처럼 사라져 버렸다.

덕분에 담천기의 검은 애꿎은 빈 허공만 갈랐고, 그는 화들짝 놀라면서 소리쳤다.

"이형환위!"

그 순간, 동정호의 수면이 화탄에라도 맞은 듯 크게 출렁이더니 이윽고 커다란 물기둥이 담천기의 몸을 거세게 위로 밀

쳐냈다.

"크윽!"

담천기는 저도 모르게 신음성을 토해냈다.

그를 밀어내는 물기둥에는 적잖은 내력이 실려져 있었다. 애당초 그냥 물기둥이었다면 이렇게 쉬이 떠밀리지도 않았을 것이다.

거기다 내력뿐만이 아니었다.

물기둥 저편.

그 너머로 한 자루의 검이 소리 없이 모습을 드러냈다.

이신의 애검, 영호검이었다.

이기어검술이라도 펼쳐진 듯 허공을 질주하는 영호검의 모습은 실로 예사롭지 않았다.

물론 물기둥에 의해서 일시적으로 시야가 가로막힌 담천기가 그 존재를 눈치챘을 때는 이미 너무 늦은 다음이었다.

쇄애애애액—!

한 줄기 백광으로 화한 영호검은 말 그대로 물기둥을 가르면서 날아왔다.

미처 피할 새도 없어 담천기는 서둘러 검벽(劍壁)을 만들어서 몸을 감쌌지만, 원체 급하게 일으킨 거라서 백광에 무참히 찢겨져 나갈 따름이었다.

이윽고 수십 갈래의 백광은 구름이 겹치듯이 담천기의 전신을 에워쌌다.

이신의 무공에 대해서 비교적 잘 알고 있는 담천기의 눈이 순간 부릅떠졌다.

'심형살검식!'

그것도 제이초식, 난운이었다.

거기에 제일초식인 섬뢰 특유의 쾌검까지 더해져서 이미 종래의 초식을 뛰어넘는 위력을 자랑했다.

덕분에 살갗이 갈기갈기 찢겨져 나가는 아픔과 뜨거운 인두로 전신을 지지는 듯한 화끈함이 동시에 물밀듯 몰려왔고, 끔찍한 고통 속에서 담천기의 뇌리에는 오직 단 하나의 생각만 떠오를 따름이었다.

'크으으으, 다, 당… 했다!'

앞서 도망치듯 보이던 이신의 행동.

그건 미끼였다.

자신을 동정호 한가운데로 끌어들이면서, 동시에 물기둥을 일으켜서 허공으로 날려 버린 것까지 전부 다 말이다.

그리고 어느 순간부터 그의 머리 위로 검은 그림자 하나가 내려앉았다.

그림자의 정체는 다름 아닌 이신이었다.

이기어검술로 영호검을 다룸과 동시에 그의 두 손은 새하얗게 불타올랐고,

파파팡—!

곧이어 북 터지는 듯한 음향과 함께 담천기의 몸이 아래로

추락했다.

풍덩─!

수상비조차 제대로 펼치지 못한 채 수면 아래로 꼬르륵 내려앉는 담천기.

그 모습을 본 신수연은 나지막한 한숨과 함께 가슴을 내리쓸었다.

'끝났다.'

싸움은 이신의 승리로 끝났다.

생각보다 시간을 길게 끌지도 않았고, 부상 역시 입지 않아서 그럭저럭 만족스러운 결과였다.

하나, 몇 군데 석연치 않은 부분이 적지 않았다.

대표적으로 내려앉은 뒤로 좀체 떠오르지 않은 담천기의 모습이 그러했다. 그만큼 치명상을 입었다는 뜻이었지만, 아무리 봐도 썩 그리 자연스럽지 않은 모습이었다.

썩어도 준치라고 담천기는 무려 당대의 천마였다.

저 정도의 부상으로 못 움직인다면 마도의 종주로서의 자격조차 없다고 봐야 했다.

신수연와 마찬가지로 이신도 이상하게 여긴 듯 수면 아래로 손을 내뻗었다.

그러자 방대한 무형지기가 생각보다 꽤 깊이 가라앉은 담천기의 몸을 단숨에 끌어 올렸다.

허공섭물의 수법이었다.

물으로 나오자마자 담천기는 연신 쿨럭거렸고, 이에 이신은 눈살을 찌푸리며 말했다.

"한심하군. 그대로 익사할 참이었나?"

"⋯⋯."

이신의 물음에 담천기는 묵묵부답이었지만, 그것만으로 충분한 대답이 되었다.

이신은 못마땅한 얼굴로 말했다.

"왜 이런 짓을 한 거지?"

여러 가지 의미가 함축된 물음.

하나는 왜 자신의 발목을 붙잡으려고 했느냐였고, 또 하나는 그렇게 악착같이 공격하던 것과 달리 정작 마지막에 가서는 왜 스스로 삶의 의지를 저버렸느냐에 대한 의문이었다.

마치 이대로 이신의 손에 의해서 죽음을 맞이하는 게 더 낫다고 여기는 것 같았다.

"넌 누가 뭐래도 당대의 천마다. 혼자서 이렇게 멋대로 행동하는 게 좋을 리 없다는 걸 누구보다도 잘 알고 있을 텐데?"

자고로 한 집단의 수장은 함부로 움직여선 안 되었다.

뭐 때문에 그와 비슷한 입장인 백염도제나 흑마신 등이 직접 움직이지 않고, 각자의 본진에서 가만히 웅크리고 있겠는가?

다 그럴 만한 이유가 있어서였다.

만에 하나 직접 나섰다가 객지에서 변이라도 당한다면?

수장을 잃은 집단은 곧바로 혼란에 빠진다. 여차하면 파국을 맞이할지도 모른다.

즉, 한 집단의 수장이란 개인을 넘어서 지금까지 그 집단이 쌓아온 역사와 전통을 홀로 양어깨에 짊어진 존재라 해도 과언이 아니다.

그 모든 것이 스스로의 오판으로 사라진다는 건 실로 두려운 일일 터.

거기다 작금의 천하는 하루가 다르게 변동하고 있었다.

어쩌면 흑월과의 전면전까지 고려해야 하는 상황.

신중에 또 신중을 기해도 모자를 판국이거늘. 어찌 담천기는 이리 멋대로 행동할 수가 있다는 말인가?

이신은 도저히 이해할 수 없다는 표정으로 말했다.

"왜 이런 짓을 한 거지?"

"……."

이신은 다시금 똑같은 질문을 반복했고, 이번에도 담천기는 침묵으로 일관했다.

이에 이신도 더는 참을 수 없기에 한마디 하려는 찰나였다.

"…모른 체하는 건가, 아니면 알면서도 일부러 확인차 물어보는 건가?"

뜬금없는 담천기의 말에 이신은 무슨 소리냐는 얼굴로 바라봤다.

그러거나 말거나 담천기의 말은 계속 이어졌다.

"네가 그랬었지? 소연이가 살아 있을지도 모른다고. 그래,

네 말은 언제나 그랬던 것처럼 사실이었다. 그리고 얼마 전, 그들이 나를 찾아왔지."

'그들?'

담천기가 말하는 그들이 누구인지까지는 잘 모르겠으나, 적어도 한 가지 사실만큼은 확실했다.

"…설마 이번 일에 소연이가 관련된 건가?"

"정답이다. 솔직히 그거 말고 달리 다른 이유가 있을 턱도 없잖아?"

왠지 모를 허탈함과 상실감이 동시에 느껴지는 미소와 함께 담천기는 말했다.

"뭣보다 놈들은 직접 내 눈 앞에 소연이를 떡하니 대령했지. 물론 어디까지나 껍데기에 불과했지만……."

담소연이 환혼빙인의 원조 격인 혈강시로 탈바꿈되었다는 건 이신도 이미 잘 아는 사실이었다.

그렇기에 담천기가 말한 껍데기의 의미가 무엇인지 잘 알았다.

혈강시로 화한 담소연은 이미 담소연이되 담소연 본인이 아니었다. 이전과는 완전히 다른 존재라고 봐도 무방했다.

그럼에도 담천기는 차마 그녀를 포기할 수 없었다.

오라버니로서 하나밖에 없는 동생, 하다못해 그녀의 껍데기나마 무사히 되돌려 받고 싶은 심정이었으리라.

그런 담천기의 절실함이 고스란히 이신에게도 전해졌다.

하지만 굳이 겉으로 티내지 않으면서 이신은 무심한 얼굴로 말했다.

"동생에 대한 집착이 너를 망쳤군."

담천기 개인의 입장으로만 놓고 보자면 그의 선택은 어느 정도 이해할 여지가 있었다.

하나 마교를 이끄는 천마로서는 너무나 무책임하고 부적절한 행동이 아닐 수 없었다.

이신의 냉정한 질타에 담천기는 쓸쓸한 미소를 지었다.

"확실히 그렇지. 하나 다른 사람은 몰라도 너만은 나에게 그런 말을 해선 안 된다, 이신."

"뭐?"

이건 또 무슨 소리인가?

미처 반박할 새도 없이 담천기의 말이 이어졌다.

"너는 자신의 정인에게로 돌아가겠다는 이유만으로 본 교를 등졌다. 한낱 무인도 아니고, 엄연히 오대마종의 다섯 종주 중 한 명이었음에도 불구하고 말이다. 그런 네가 과연 나를 비난할 수 있을까?"

각자의 자리에서의 책임을 등한시했다는 점에서 이신과 자신은 하등 다를 게 없었다. 담천기는 지금 그리 말하고 있었다.

일견 듣기에는 맞는 말이긴 했다.

신수연이 알기로도 이신이 무한에 돌아온 이유이자 삶의 가장 큰 목적이 유세화와의 재회라는 것은 분명한 사실이었으니까.

하나 예상 밖에도 이신은 고개를 천천히 좌우로 흔들었다.

이에 담천기는 물론이거니와 가만히 두 사람의 대화를 듣고 있던 신수연 역시 적잖이 놀란 표정을 감추지 못했다.

유세화 때문이 아니라면, 도대체 뭣 때문에 무한으로 다시 돌아온 거란 말인가?

모두의 의문 섞인 시선에 답하듯 이신은 천천히 말문을 열었다.

"네가 한 가지 간과한 게 있다, 천기. 애당초 내가 정마대전에 참전한 이유가 뭐였지?"

"그건……."

순간 담천기의 말문이 막혔다.

이신의 물음을 이해하지 못해서가 아니었다. 오히려 너무 잘 이해해서 문제였다.

알다시피 이신이 속해 있던 혈영대는 본디 하급 세작부대 중 하나에 불과했다.

그것도 마교 내에서 처리 곤란한 인물이나 애물단지 같은 이들만 한데 모아놓은 실로 어중이떠중이 집단이 따로 없었다.

그런 혈영대가 불과 팔여 년 만에 마교 제일의 타격대로 탈바꿈하였다. 이신이 최연소의 나이로 대주직을 맡게 된 것을 기점으로 말이다.

남들은 운과 때를 잘 만난 거다, 천마의 비호를 받은 거다는 등 말이 많았지만, 정작 알 만한 사람들은 다 알고 있었다.

만약 그럴 마음만 있었다면 이신이 대주직에 오르는 건도, 그만큼 혈영대의 위상이 높아지는 시기는 훨씬 더 앞당겨졌을 거라고.

제아무리 정마대전이라는 대대적인 전쟁이 있었다고는 하나, 한낱 하급 세작조 따위가 마교 제일의 타격대로 우뚝 서는 건 현실적으로 절대 불가능한 일이었다.

이는 이신이 이미 진작에 혈영대 전체를 장악해서 조직을 재정비한 상태이고, 그것도 모자라서 본신의 실력을 철저히 숨기고 있었다고 밖에는 볼 수 없었다.

그리고 그전까지 쥐죽은 듯 가만히 있던 이신이 돌연 두각을 드러내기 시작한 이유에 대해서 담천기는 누구보다도 잘 알고 있었다.

―담소연의 복수.

오직 그 이유 하나 때문에 이신은 본격적으로 자신의 역량을 드러냈다.

주변의 숱한 재촉과 유혹에도 절대 흔들리지도 않은 그 이신이 말이다!

그런 이신이 군이 제 입으로 자신이 정마대전에 참전한 이유를 꺼내든 의도가 뭐겠는가?

그 이유를 깨달은 담천기의 표정이 굳어졌고, 이신의 말이 이어졌다.

"나에게 있어서 무한으로 돌아가겠다는 화매와의 약속 또한 그러했을 뿐이다."

오로지 어릴 적 그녀와 했던 약속을 지켜야 한다는 신념이 이신으로 하여금 마교를 등지고 무한으로 돌아가게끔 하였다.

집착이나 연정?

그것들과는 거리가 멀었다.

유세화와 본격적으로 정분을 쌓게 된 것은 그보다 훨씬 뒤의 일이었으니까.

고로 유세화에 대한 연정 때문에 자신의 책임이나 의무를 망각했다는 담천기의 지적은 실로 얼토당토않은 억지라고 할 수 있었다.

오히려 이신을 핑계 삼아 자신의 행동을 정당화하려는 핑계에 불과했다.

"내 이름이 왜 신인지 아나?"

"뭐?"

뜻밖의 물음에 담천기는 반문했다.

그러거나 말거나 이신은 제 할 말을 계속 이어나갔다.

"내 이름은 의부께서 유리걸식하던 나를 거둬들이고 난생처음으로 붙여주신 거지. 그때 의부께선 말씀하셨지. 최소한 이름에 부끄럽지 않은 삶을 살라고."

이극렬이 붙여준 이름, 신(信).

그 글자의 뜻 자체는 믿음이었다.

그리고 이름에 부끄럽지 않은 삶을 살라고 하는 게 의미하는 바는 하나였다.

"해서 나는 다른 것보다도 사람과 사람 간의 믿음, 그것만은 절대 저버리지 않으려고 노력해 왔다."

"사람과 사람 간의 믿음……."

어릴 적 유세화와의 약속을 지킨 것도, 죽은 담소연을 위해서 기꺼이 정마대전에 참전한 것도 모두 다 그 이유 하나 때문이었다.

만약 그렇지 않았다면 진작에 그보다 훨씬 쉽고 편안한 길로 나아갔을 터. 충분히 그럴 만한 여건이나 기회는 있었다.

하지만 그렇게 하지 않은 건 역시 의부의 말대로 자신의 이름에 부끄럽지 않은 삶을 살고 싶기 때문이었다.

─신명일체(信名一體).

이는 이신의 내부에 깊게 뿌리내린 하나의 신념이자 목표였다.

그래서일까. 이신은 차가운 시선으로 담천기를 내려다보면서 말했다.

"넌 나와의 믿음을 저버렸다, 천기. 아니, 죽은 네 누이에 대한 믿음을 저버렸다는 게 더 맞겠지. 정말로 네가 연이를 사랑하고 위한다면 그런 이기적인 선택을 할 리 없었을 테니까."

정녕 담소연을 위하고 아낀다면 혈강시로 제련된 그녀의 육신을 보자마자 파괴했어야 한다.

그것이 망자에 대한 예의요, 동생을 아끼는 오빠로서의 행동이었다.

하나 담천기는 그러지 않았다. 그러기는커녕 담소연의 모습을 한 혈강시에게 휘둘려서 홀로 이곳에서 이신의 발목을 붙잡았다.

마교의 천마로서, 그리고 한 여동생의 오빠로서도 담천기는 그야말로 최악의 선택을 한 것이었다.

"그, 그건……!"

"그리고 또 하나!"

뭐라 말하려는 담천기의 입을 강제로 틀어막으면서 이신의 말이 이어졌다.

"선택을 했다면 응당 그에 대한 책임 역시 질 줄 알아야 하는 게 도리다, 천기."

"책임……?"

"그게 어른으로서 마땅한 행동이니까. 우린 이제 더 이상… 그때의 어린아이가 아니니까."

마지막 말을 내뱉으면서 이신의 눈시울이 저도 모르게 살짝 붉어졌다. 하나 더는 말을 잇지 않은 채 그대로 등을 돌렸다.

이내 성큼성큼 앞으로 나아가는 그의 뒤를 신수연과 환혼 빙인이 곧장 뒤따랐다.

점점 멀어지는 그 뒷모습을 담천기는 멍하니 바라만 볼 따름이었다.

심지어 그들이 동정호의 수면 위에 떠 있는 무수히 많은 섬 가운데 곳에 도착하고, 수풀 사이에 가려진 동굴의 입구 속으로 완전히 모습을 감출 때까지도 계속 그 시선을 거두지 않았다.

마치 눈앞의 광경이 아니라 그 너머의 것을 바라보는 것처럼.

*　　　*　　　*

"꼭 그렇게까지 말씀하실 필요가 있었을까요?"

동굴 안으로 들어서고 얼마 지나지 않아 막 지하로 내려가는 계단 앞에 섰을 때였다.

갑작스러운 신수연의 물음에 이신은 멈추지 않고, 시선을 계속 앞으로 고정한 채 대꾸했다.

"뭐가?"

"저흰 지금 세화 언니를 구하러 온 거잖아요? 한데 이런 데서 아깝게 시간 낭비할 필요가 있었냐는 말이에요."

상식적으로 담천기를 쓰러뜨린 시점에서 이신은 곧장 배교의 성지로 달려왔어야 마땅했다.

뭣하면 신수연 자신에게 담천기의 처리를 대신 맡기고 먼저 성지로 들어갔어도 될 일이었다.

신수연은 지금 이신이 담천기에게 한 쓴소리가 듣기 언짢아서 그러는 게 아니었다.

괜히 아까운 시간을 낭비하면서까지 담천기에게 쓴소리를 해줄 필요가 있냐는 게 핵심이었다.

아 다르고 어 다르다고, 둘은 분명 비슷한 듯하면서도 완전히 다른 의미였다.

"꼭 그러실 필요가 있으셨나요?"

그녀의 연이은 물음에도 이신은 여전히 전방만 주시한 채 말했다.

"시간 낭비라. 일조장에겐 그리 느껴졌나?"

"아니… 었나요?"

신수연의 표정이 저도 모르게 조심스러워졌다. 행여 자신이 말실수를 한 게 아닌가 싶어서.

하나 다행히도 이어지는 음성과 함께 그녀를 돌아보는 이신의 시선은 그리 무겁지 않았다.

"그래, 시간 낭비 맞아. 사실 나도 약간은 후회하는 중이니까."

"그럼 왜……?"

그걸 알면서도 담천기에게 쓴소리를 한 거냐, 라고 뒷말을 내뱉으려는데, 이신이 먼저 선수를 쳤다.

"예의가 아니니까."

"네?"

갑자기 웬 예의 타령이란 말인가?

그 의미를 제대로 짚어주지 않은 채 이신은 말을 이어나갔다.

"내 인생에서 혈영대가 차지하는 크기가 결코 작다고 할 수 없지. 당장 일조장만 하더라도 함께한 시간이 벌써 수년은 훌쩍 지났으니까."

"그야 그렇죠."

대답하면서 신수연은 내심 벌써 그렇게 시간이 흘렀다는 사실에 놀랐다.

'처음엔 어디까지나 호승심이었는데……'

이신을 쓰러뜨리게 되면 그 즉시 혈영대 따위는 관둘 생각이었다.

한데 차츰차츰 시간이 흐르고, 그녀는 점점 이신과 혈영대에 물들어갔다.

종국에는 혈영대의 일조장이 아닌 자신을 상상할 수 없는 지경에까지 이르렀다. 물론 이신에 대한 마음 역시도 이전과 확연히 달라졌다.

이신의 말마따나 인생에서 차지하는 크기가 커진 것이다.

그리 생각하는데, 문득 이신의 말이 이어졌다.

"만약 일조장이라면 그런 것들을 하루아침에 바로 완전히 정리한다는 게 과연 가능하다고 보나?"

"그건……"

당장 담천기 일만 놓고 보자면 그럴 수 있었다. 주저할 여지도 없이.

하나 그것을 혈영대와 이신에게 빗대는 순간, 신수연은 일순 말문이 턱하고 막혀왔다.

심지어 한령마공이 가진 음한지기에 의해서 언제나 냉정한 사고를 유지할 수 있음에도 불구하고, 한순간이나마 그녀의 평정심이 깨질 뻔했다.

그만큼 이신의 질문은 불의의 일격이었다.

그녀가 쉬이 답하지 못하자, 이신이 다시 시선을 앞으로 돌리면서 말했다.

"사람이 사람과의 인연을 정리하는 건 그만큼 어려운 일이지."

담천기와의 인연은 결코 이신에게 가볍지도, 그의 인생에 있어서 적은 부분을 차지하는 것도 아니었다.

그렇기에 나름대로 예의를 지킬 필요가 있었다.

물론 담천기 개인에 대한 예의가 아니었다.

어디까지나 그와 함께 보냈던 적잖은 시간과 기억에 대한 예의였다.

그 이상도, 이하도 아니었다.

"반대로 쉬이 정리된다면 그 인연은 애초부터 그 정도에 불과했단 소리밖에 안 되지. 물론 난 적어도 천기와의 관계가 그 정도까지는 아니라고 생각했을 뿐이야."

그리 말하는 이신의 모습은 어쩐지 모르게 쓸쓸했지만, 그의 뒷모습만 바라보고 있는 신수연은 미처 그 사실을 눈치채지 못했다.

그렇게 대화를 나누면서 나아가던 중, 이신이 문득 멈추었다.

어느덧 계단은 끝나고 커다란 석문 하나가 앞을 가로막고 있었다.

뒤따라오던 신수연과 환혼빙인도 멈추었는데, 개중 환혼빙인의 반응이 심상치 않았다.

부들부들―!

그녀는 마치 겨울철 사시나무가 떨리듯 온몸을 마구 떨어댔다. 오죽하면 그 떨림이 바로 옆에 서 있는 신수연에게까지 전해질 정도였다.

그것은 일종의 경고이자 환혼빙인 스스로 공포를 억누를 수 없기에 일어난 현상이라고밖에는 볼 수 없었다.

사람도 아닌 환혼빙인이 공포를 느끼다니. 이런 일은 실로 드문 일이었다.

이신은 그들 앞에 굳건히 서 있는 석문을 바라봤다.

'저 너머에 뭔가 있다는 거군.'

환혼빙인을 두렵게 만든 무언가가 있다.

그 사실을 인지한 채 이신은 천천히 석문을 밀었다.

그러자 문이 열림과 동시에 절로 인상을 찌푸리게 만드는 짙은 혈향이 먼저 세 사람을 반겼다.

그리고 붉은 혈포를 입은 사내의 뒷모습도 함께 시야로 들어왔다.

바로 흑월의 수장, 혈승이었다.

그는 천천히 이신 쪽으로 돌아서면서 말했다.

"역시 네가 올 줄 알았다, 혈영사신."

마치 기다렸다는 듯한 그의 말투에 이신의 눈살이 살짝 찌푸려졌다.

그도 잠시, 곧 혈승이 서 있는 곳을 중심으로 원래의 형상을 알아볼 수 없을 만큼 짓이기고 찢겨져 나간 고깃덩어리들이 마구잡이로 널브러져 있는 것을 확인했다.

더군다나 왠지 모르게 지쳐 보이는 혈승의 안색, 그리고 고깃덩어리에서 흘러나온 핏물이 고인 웅덩이 위로 모락모락 피어오르는 김까지 다 보고나자 이신은 대략적인 상황 파악을 끝마쳤다.

'방금 전까지 무언가와 싸웠군.'

그것도 꽤나 성가신 상대였던 모양이다.

혈염마공이 가진 흡정의 공능 덕분에 웬만해선 지치지 않는 그가 저렇게 피로를 숨기지 못하는 게 그 증거였다.

'천하의 혈승을 힘들게 할 정도라면, 이건 꽤 위험하다는 건데.'

거기에 엎친 데 덮친 격으로 앞서 환혼빙인이 보인 반응도 마음에 걸렸다.

이에 이신은 괜히 시간 아깝게 빙 둘러서 말하지 않고, 아예 대놓고 물었다.

"무슨 일이 있었던 거지?"

이에 혈승은 그의 상징이라고 할 수 있는 오만한 조소가 아닌, 처음으로 인간미가 느껴지는 씁쓸한 미소를 지었다.

그러고는 대뜸 전혀 예상치도 못한 말을 내뱉었다.

"나와 손을 잡지 않겠나?"

第七章
정상혈전(頂上血戰)

어디선가 많이 들어본 말.

문득 든 기시감에 이신은 저도 모르게 쓴웃음을 머금었다.

'또인가?'

일련의 상황은 지난날 이환성과 동맹을 맺을 때와 비슷한
흐름이었다.

바보가 아닌 이상, 여기서 덥석 혈승의 제안을 받아들일 리
만무했다.

힐끔 옆으로 곁눈질하니 신수연이 바로 고개를 가로저었
다. 무슨 일이 있어도 절대 혈승과 손을 잡아서는 안 된다는
강경한 의지의 표현이었다.

이신은 다시 시선을 앞으로 돌리면서 말했다.

"왜 그래야 하지?"

이신의 반문에 혈승은 발치에 아무렇게 널브러진 고깃덩어리들을 가리켰다.

"이 앞으로 나가려면 우선 여기 있는 놈들을 모조리 쓰러뜨려야 한다. 한데 이놈들이 좀 성가시단 말이지. 실제로 본승조차 버거워할 정도니까. 제아무리 혈영사신 너라도 상대하기 어려울 거다."

"구체적으로 어떤 점에서?"

"우선 이것들에게 상처를 입히려면 최소한 강기 정도는 사용해야 하지. 거짓말 같으면 직접 확인해 보라고."

고깃덩어리는 혈승의 발치 말고도 이신이 서 있는 근처에도 몇몇이 있었다.

그중 하나를 향해서 이신 대신 신수연이 한령마기를 응축한 빙검을 휘둘렀다.

그러자.

캉!

요란한 소리와 함께 고깃덩어리는 그녀의 빙검을 튕겨내 버렸다.

직접 검을 휘두른 신수연의 표정이 일변하는 건 당연지사였다.

그녀는 믿을 수 없다는 눈초리로 수중의 빙검과 고깃덩어리를 번갈아 바라봤다.

그러자 가만히 지켜보던 이신이 돌연 허리춤의 영호검을 뽑아서 그대로 내려쳤다.

캉!

이신의 검 역시도 고깃덩어리를 베지 못하고, 도로 튕겨져 나왔다.

호구를 통해서 직접 전해지는 충격에 이신은 살짝 눈살을 찌푸렸다.

"반탄지기?"

따로 내공을 사용해서 호신강기를 사용한 것이 아님에도 이 정도의 반탄지기라니.

거기다 방금 전의 느낌은 살덩어리를 벤 느낌이 아니었다.

마치 탱탱하게 부풀어 오른 돼지 방광을 있는 힘껏 내려친 듯한 감촉이었다.

물론 일반적인 돼지 방광이라면 좀 전의 일검에 바로 터졌겠지만, 예의 고깃덩어리는 터지기는커녕 오히려 이신과 신수연의 공격을 고스란히 튕겨내기까지 했다.

그제야 최소한 강기를 사용해야 상처를 입힐 수 있다는 혈승의 말이 마냥 거짓이 아님을 알 수 있었다.

"도대체 이게 뭐지?"

이신의 물음에 혈승은 담담하게 말했다.

"십대마공 이외의, 본승이 원래 얻어야 할 혈교의 유산 중 하나지."

"혈교의 유산? 설마……!"

앞서 환혼빙인의 반응과 예사롭지 않은 반탄지기, 그리고 지금 혈승의 말까지 다 듣고 나자 이신은 단숨에 고깃덩어리의 정체를 유추해 냈다.

'혈강시!'

지난날 흑월에서 만들어낸 모든 강시는 사라진 혈교의 신물, 혈강시를 재현하고자 하는 노력의 일환이었다.

한데 그 혈강시를 혈승의 손으로 직접 박살 내는 것도 모자라서 이렇게 형체조차 알아볼 수 없는 고깃덩어리로 만들어 버리다니.

심지어 혈강시 한 구랑 싸운 것도 아니었다. 딱 봐도 수십이 넘는 숫자와 싸웠다.

도대체 어째서 이런 일이 벌어진 것인가?

아니, 애당초 배교의 성지인 이곳에서 혈강시 무리가 나타난 이유가 뭐란 말인가?

'이환성.'

문득 뇌리에 떠오른 그 이름.

아직 이렇다 할 물증이나 정황은 없었으나, 이신은 직감적으로 이번 일이 그와 관련되어 있을 거라는 강한 확신이 들었다.

그리고 때마침 그의 확신을 증명하듯 혈승이 이를 빠득 갈면서 말했다.

"검제 그놈의 말을 믿는 게 아니었어. 설마 이런 짜증나는 함정을 준비해 놨을 줄이야."

"역시 이환성 그자가 꾸민 짓이었나."

얼추 모든 의문이 해소되었다.

하지만 그것과 앞서 혈승의 제안을 받아들이는 건 전혀 별개의 이야기였다.

오히려 혈승과 손을 잡지 않고, 신수연과 함께 둘이서 그를 공격한다는 선택지도 존재했다.

때마침 혈승은 평소보다 많이 지쳐 버린 상태.

어떤 의미에서 보자면 절호의 기회였다.

이에 어찌할지를 놓고 이신이 내심 고민하고 있을 때였다.

"본승은 이제 그 신녀의 후예인지 뭔지 하는 여자 따위 관심 없다."

"그게 무슨 소리지?"

더 이상 유세화가 필요 없다는 듯한 그의 말은 쉬이 이해할 수 없었다.

이에 혈승은 피식 웃으면서 말했다.

"이미 본 월은 검제 그자의 수중에 넘어간 지 오래다. 당연히 본 월의 유지니 뭐니도 더 이상 본승의 소관이 아니란 거다."

"한 단체의 수장으로서 보일 만한 태도는 아닌 것 같은데?"

앞서 담천기와는 또 다른 의미에서 실망스러운 흑월의 태도에 이신은 저도 모르게 직설적으로 말했다.

그런 이신의 지적에 혈승은 차가운 조소를 머금었다.

"그딴 거 내 알 바 아니지. 나에게 중요한 건 오직 단 하나, 누이뿐이니까."

"……"

거짓말로는 보이지 않았다.

아니, 지금껏 혈승이 보인 태도나 행동들만 놓고 보자면 충분히 납득할 수 있는 상황과 이유였다.

애당초 그는 하나밖에 없는 누이인 신녀의 목숨을 구하고자 유세화를 이용하려고 했었다.

이환성에 의해서 빼앗긴 흑월의 수장 자리를 되찾기보다는 이런 이기적인 선택을 하는 쪽이 어찌 보면 더 당연한 일이었다.

하지만 완전히 그의 말을 다 믿을 수는 없는 노릇이었다.

뭣보다 그가 무엇 때문에 자신과 손을 잡으려고 하는지도 아직 명확하지 않은 상황이 아니던가.

물론 짐작 가는 부분이 아예 없는 것은 아니었다. 이에 이신이 막 뭐라고 입을 열려는 찰나였다.

부르르르—

가만히 서 있던 환혼빙인이 돌연 몸을 부르르 떨어대기 시작했다.

그 모습은 흡사 먹이사슬에서 자신보다 훨씬 상위에 있는 존재 혹은 천적과 마주했을 때 보이는 방어 본능처럼 보였다.

그와 거의 동시에 혈승이 짜증난다는 표정으로 혀를 내찼다.

"쯧, 또 시작인가?"

"또?"

"말했잖느냐. 이놈들은 꽤나 성가시다고. 정확한 것은 내가 설명하는 것보다는 네 눈으로 직접 보는 게 더 빠를 거다."

그 순간, 바닥에 널브러져 있던 고깃덩어리들이 돌연 꿈틀 거리기 시작했다.

"이, 이건……!"

"으음!"

이신과 신수연은 꿈틀거리기 시작하는 고깃덩어리의 모습에 당혹감을 감추지 못했다.

이변은 그뿐만이 아니었다.

조각난 고깃덩어리들은 일제히 자기들끼리 뭉치고 합쳐지길 반복했고, 거기다 사방에 가득 고여 있던 핏물은 어느 정도 형체를 갖춰가기 시작하는 고깃덩어리 안으로 고스란히 흡수되었다.

그 일련의 과정을 지켜보면서 이신은 저도 모르게 중얼거렸다.

"재생… 하는 건가?"

"아주 성가시지."

애당초 강기만 써서 해결될 상대였다면, 이신과 손을 잡는다는 생각조차 하지 않았을 것이다.

한편 그제야 혈승의 돌발 행동이 무엇에서 비롯된 것인지

십분 이해한 이신은 내심 혀를 내둘렀다.

'왜 과거 무림에서 혈교의 혈강시를 그리도 두려워했는지 그 이유를 알 것도 같군.'

쓰러뜨리고 쓰러뜨려도 계속 부활하는 상대만큼 끔찍한 것은 없다.

그건 종착점이 어딘지도 모른 채 계속 달리는 것만큼이나 힘든 일이었다.

하나 세상에 영원한 것은 존재하지 않는 법.

영원히 계속될 것 같더라도, 언젠가 끝은 찾아오게 마련이었다.

하물며 제아무리 괴물이라지만 사람의 손에 의해서 만들어진 것이었다.

이신은 곧바로 혈승에게 말했다.

"방도는 있는 거겠지?"

앞서 혈강시들과 싸운 경험도 경험이지만, 뭣보다도 그는 혈교의 수장인 혈승이었다.

당연히 혈강시에 대한 정보나 그에 대한 대비책도 가지고 있을 터.

단순히 힘이 필요하다는 이유로 자신과 손을 잡으려고 하는 게 아닐 것이다.

이신의 물음에 혈승의 눈에 순간 이채가 떠올랐다.

"보기보다 눈치가 빠르군."

"칭찬은 필요 없고, 진짜 방도가 있나?"

거듭 확인하는 이신의 물음에 혈승의 입꼬리가 올라갔다.

"일각, 딱 그 정도만 시간을 벌어다오. 그러면 나머지는 본 승이 다 알아서 하겠다."

자신만만한 혈승의 말에 이신이 고개를 끄덕였다.

"좋아. 그렇다면……."

중간에 말을 끊으면서 정면을 바라보자 어느덧 육신의 재생 을 거의 다 끝마친 혈강시들의 모습이 보였다.

기묘하게도 전부 다 가냘픈 소녀의 모습이었는데, 단순히 외모만 보고 얕보다간 큰코다칠 일이었다.

일례로 뒤에서 부들부들 떨고 있는 환혼빙인만 해도 어지 간한 절정고수는 간단하게 찜 쪄 먹는 수준이 아니던가.

저 가냘픈 외모 뒤에 얼마나 무서운 힘을 숨기고 있을지 쉬 이 예상되지 않았다.

후우우우웅—!

이윽고 거센 광풍과 함께 복도의 대기가 그녀들에게 빨려 들어가는 순간, 이신은 마저 말을 이었다.

"어디 한번 시작해 볼까?"

그리고 막 영호검을 휘두르려고 할 때였다.

[유감스럽게도 그럴 수는 없다.]

"……!"

귀에 익은 음성과 함께 이신의 머리 위로 검은 그림자가 내려앉았다.

신수연이 경호성을 터뜨렸다.

"피해요!"

캉—!

하나 그에 반응할 새도 없이 이신의 몸이 옆으로 날아갔다.

공격을 피하지 못해서가 아니었다.

찰나지간에 검면으로 공격을 옆으로 흘렸음에도 그 여파가 일부 남아 있었기 때문이다. 만약 정통으로 맞았으면 결코 몸이 성하지는 못했으리라.

옆으로 날아가면서 이신은 생각했다.

'방금 전의 전음은……'

분명 이신도 아는 사람의 음성이었다.

좀 전의 공격에 반응하는 게 살짝 늦었던 것도 그래서였다.

이윽고 그는 몸을 비틀면서 팽이처럼 회전했다.

그러자 뒤따라오듯 그를 공격하려던 예의 그림자는 황급히 뒤로 물러났다. 안 그랬으면 이신의 검에 의해서 몸이 반으로 갈라졌을 테니까.

이에 허공에서 팽이처럼 회전하던 이신은 균형 있게 바닥 위에 내려앉으면서 말했다.

"어설프군. 아까도 그렇고, 고작 그런 공격으로 나를 상대할 수 있을 거라고 여겼… 느……"

막힘없이 이어지던 이신의 음성이 잦아들었다. 그의 눈은 커졌고, 시선은 좀체 떨어질 줄 몰랐다.

"너, 너?"

그를 공격한 인영, 무심하게 공격 자세를 취하는 소녀는 다름 아닌 담소연이었다.

*   *   *

한편 이신이 날아감과 동시에 부활한 혈강시들이 우르르 쇄도해 왔다.

"빌어먹을……!"

기껏 이신과 동맹을 맺었는데, 삽시간에 일행이 둘로 나뉘다니.

혈승은 짜증을 있는 대로 드러내면서 두 손을 핏빛 기운으로 물들였고, 이윽고 핏빛 바다가 쇄도해 오는 혈강시들을 덮쳤다.

하나 거대한 혈해 사이를 뚫고 몇 명의 혈강시가 쇄도해 왔고, 이에 혈승이 이를 갈면서 재차 일장을 휘갈기려고 할 때였다.

휘이이이잉―!

어디선가 불어온 한풍이 혈강시들의 움직임을 막아섰다. 심지어 혈강시의 몸 위로 살얼음이 내려앉았다.

"이건?"

혈승의 눈이 절로 커질 때, 등 뒤에서 무심한 음성이 들려왔다.

"약속은 약속이니까."

음성의 주인은 다름 아닌 신수연이었다.

어느새 그녀의 머리카락은 푸르게 물들어 있었는데, 심지어 그녀의 주변에는 빙검 여러 자루가 둥실둥실 떠다니기까지 했다.

이윽고 재차 쇄도해 오는 혈강시들을 무심히 빙검으로 베어 넘기는 그녀의 모습을 보면서 혈승의 입꼬리가 살짝 올라갔다.

"…과연, 나쁘지 않군."

비록 기대했던 이신만큼은 아니지만, 그래도 신수연의 실력이라면 혼자서도 충분히 이신의 빈자리를 메꿀 정도는 되었다.

입신경급 고수가 괜히 입신경이라고 불리겠는가.

하나 기껏 올라갔던 그의 입꼬리는 금세 도로 내려가고 말았다.

복도의 출구, 그 앞에 뒷짐을 진 채로 서 있는 삿갓의 중년인 때문이었다.

"꽤나 고생하고 있으시구려, 혈승."

중년인, 천혈검제 이환성의 느긋한 말에 혈승의 뚜껑이 열리고 말았다.

"검제, 이 개자식이……!"

혈승은 단숨에 공간을 격하고 날아갔다.

그 모습을 이환성은 그저 느긋하게 바라보기만 할 뿐이었는데, 피가 머리끝까지 치솟아 오른 혈승은 미처 그것을 의아하게 여기고 자시고 할 틈이 없었다.

오직 그의 면상을 향해서 무작정 주먹을 휘두르려고 할 뿐!

하나 그의 주먹은 채 이환성의 얼굴에 닿지도 못한 채 중간에 가로막히고 말았다.

퍽!

순간 혈승의 눈이 부릅떠졌다.

홧김이라고 하지만 적잖은 내력이 담긴 주먹질이었다. 한데 그걸 맨손으로 붙잡다니!

그의 주먹을 감싼 손의 주인, 흑색 장포를 걸친 중년인은 느긋하게 말했다.

"생각보다 주먹이 가볍군."

"넌……!"

혈승이 뭐라 대꾸하려는 찰나, 흑의중년인이 이어서 말했다.

"부디 날 실망시키지 말게나."

쿵!

그리고 한 차례의 발 구름과 함께 천마(天魔)라는 이름의 거인의 발자국이 혈승의 양어깨를 무겁게 짓누르기 시작했다.

　　　　　*　　　　　*　　　　　*

　소녀와의 추억은 솔직히 말해서 별거 없었다.

　수련 도중에 쉬는 동안 별거 아닌 화제로 가볍게 수다를 떨거나, 혹은 산열매 등을 따러 뒷산에 올라가거나 하는 등이 다였다.

　하나 그 사소하고 평범한 시간이 별거 아니냐고 묻는다면, 절대 그렇지 않다고 답할 것이다.

　그 시간은 이신의 인생에 있어서 몇 안 되는 소중한 추억 중 하나였으니까.

　그리고 그 추억을 떠오르게 만드는 소녀는 언제나 해맑게 웃었던 그때와 달리 무표정한 얼굴을 한 채로 그의 앞에 서 있었다.

　'…무작정 천기를 탓할 게 아니었군.'

　담소연이 혈강시로 제련되었다.

　그 사실 자체는 이신도 익히 잘 알고 있었다.

　물론 말로 전해 듣는 것과 직접 눈으로 확인하는 것의 차이가 크다는 것은 알고 있었지만, 솔직히 이 정도까지일 줄은 미처 몰랐다.

　아니, 다른 것을 넘어서 이신의 속에서 뭔가 뜨겁게 타오르기 시작했다.

　당장 용암처럼 분출되려는 그것을 억누르면서 이신은 무표정한 담소연을 바라봤다.

처음에 불문곡직하고 달려들던 것과 달리 담소연은 그저 멍하니 이쪽을 바라보기만 할 뿐이었다. 그 모습이 마치 누군가의 명령을 기다리는 인형처럼 보이는 건 단순히 이신 혼자만의 착각일까?

그렇지 않다고 말하는 듯 담소연의 등 뒤로 낯익은 인물이 나타났다.

삿갓을 쓴 중년인, 이환성이었다.

"생각보다 침착하구나. 듣자 하니 꽤나 각별한 사이라고 하던데, 노부가 잘못 알고 있었나?"

"…생전에는 분명 그랬소. 물론 이런 꼴이 되기 전까지는."

이환성의 물음에 이신은 애써 아무렇지 않은 듯, 그러나 날카롭게 반응했다.

실제로 이신의 살기가 이환성의 피부를 찌릿찌릿하게 만들었지만, 그는 오히려 그것을 즐기듯 히죽 웃으면서 말했다.

"역시 누구랑 다르게 맺고 끊음이 칼 같구나. 마음에 들어. 자고로 장부란 그래야 하는 법이지."

이신의 눈살이 살짝 찌푸려졌다.

그가 언급한 이가 누구인지는 굳이 말하지도 않아도 알 수 있었다. 오히려 저리 노골적으로 말하는 데 알아듣지 못하는 게 더 이상하리라.

그러거나 말거나 이환성은 자기 할 말만 계속했다.

"그 천마라고 불리기도 민망한 아해가 간곡히 부탁하더구나. 무슨 짓이라도 할 테니 제발 자기 동생의 시신이나마 되돌려 달라고. 물론 그건 불가능한 일이지."

이환성은 담소연의 뽀얀 볼살을 매만졌다.

이에 이신은 살짝 움찔했지만, 그는 아랑곳하지 않고 계속 볼살을 매만지면서 말했다.

"이 그릇 하나를 만들고자 상당히 많은 시간과 자본이 투자되었다. 저기 있는 저것들? 저것들은 그 과정에서 나온, 한낱 되다만 실패작에 불과할 뿐이다. 오로지 이것만이 유일한 성공작이지."

당장 보인 저 비상식적인 재생 능력만 하더라도 혈강시들은 두려운 존재였다.

한데 그런 혈강시를 실패작이라고 칭하다니.

도대체 담소연과 혈강시들의 차이가 뭐기에 저런단 말인가?

당장 그녀와 한 차례 손을 섞어본 이신이 보기엔 솔직히 별다른 큰 차이를 느낄 수 없었다. 아니, 어떤 면에서는 도리어 다른 혈강시들보다 움직임 등에서 떨어지는 부분이 엿보였다.

그런 그의 생각을 읽은 듯 때마침 이환성이 말했다.

"물론 원래 무공을 익히지 않은 몸이라서 아직까지 개선할 점이 없잖아 있긴 하지만, 육체적으로는 이보다 완벽한 그릇은 찾아볼 수 없지. 네가 보기에도 그렇지 않느냐?"

"그릇?"

이신의 반문에 이환성의 입꼬리가 올라갔다.

"저 되다만 것들과 이것은 아예 용도 자체가 완전히 다르단 소리지. 알고 보면 너와 아예 무관한 것도 아니다."

"나와?"

갈수록 오리무중이었다.

도대체 무슨 용도이기에 이신 자신과 연관이 있단 말인가?

하나 채 이신이 질문을 던지기 전에 갑자기 이환성이 뒤로 돌아섰다.

적 앞에서 등을 보이다니.

미쳤다는 소리를 들어도 이상하지 않았으나, 이환성은 태연한 음성으로 말했다.

"알고 싶다면 내 뒤를 따라 와라. 물론 안 따라와도, 혹은 도중에 공격해도 노부는 상관없다. 다만 그리한다면 넌 아무것도 모른 채 네 소중한 것을 잃을 거라는 사실만 알아둬라."

"으음!"

분하지만, 칼자루는 저쪽에 있었다.

이신은 애써 살기를 억누르고 이환성의 뒤를 따라갔다.

그러자 두 사람의 뒤를 담소연이 묵묵히 따라왔고, 곧 세 사람은 기다란 복도를 지나서 커다란 종유석 동굴 안에 도착했다.

"이곳은?"

"이곳이야말로 본교의 성지. 말하자면 신녀와 성화가 머무는 장소다."

"여기가 바로……."

그토록 찾아 헤매던 배교의 성지.

막상 그곳에 도착했음에도 별다른 여운은 느끼지 못했다.

그저 이신은 무언가를 찾아서 바삐 시선을 움직이기만 할
뿐이었다.

그리고 얼마 지나지 않아 발견했다.

돌로 된 제단.

그 위에 다소곳이 앉아 있는 여인의 모습을.

"화매!!"

이신이 서둘러 그녀를 불렀지만, 어찌 된 일인지 그의 부름
에도 유세화는 아무런 반응도 보이지 않았다.

자세히 살펴보니 그녀의 눈은 마치 영혼이 없는 인형처럼
멍하고 탁기만 했다.

이에 이신은 얼른 그녀에게 달려가려고 했다.

하나 그전에 한 여인이 그의 앞을 막아섰다.

"서두르지 마시죠."

혈승을 닮은 흑의여인, 다름 아닌 신녀였다.

"비키시오."

싸늘한 음성과 함께 이신은 영호검을 완전히 뽑아들었다.

거무튀튀한 검신 위로 백열의 광채가 위협적으로 번뜩이기
시작했다.

그러나 신녀는 눈 하나 깜짝하지 않았다.

오히려 똑바로 이신과 눈을 마주 봤다. 무공조차 익히지 않은 여인이라고는 믿기 어려울 담대한 모습이었다.

하나 이신은 별 다른 감흥조차 못 느낀 듯 바로 영호검을 휘두르려고 했지만, 그 전에 둘 사이를 담소연이 가로막았다.

이에 이신은 당장에라도 찢어 죽일듯한 눈으로 이환성을 노려봤다.

지금의 담소연은 오로지 이환성의 말만 들었다. 즉, 지금 그녀의 행동은 이환성의 뜻이나 마찬가지일 터.

이환성은 피식 웃으면서 고개를 내저었다.

"미안하지만 그럴 수 없다. 지금이 가장 중요한 단계이거든. 그리고……"

말을 도중에 끊으면서 이환성 역시 검을 뽑아 들었다.

그러자 녹슨 철검 위로 새하얀 강기가 화르륵— 피어올랐다.

"어디 그간 실력이 얼마나 늘었는지 확인해 볼까?"

느긋한 그의 말에 이신은 순간 어처구니없다는 표정을 지었다.

"못 본 사이에 매병이라도 걸린 것이오? 그때 분명 나한테 밀렸던 걸로 기억하는데."

마교에서 마지막으로 검을 맞댔을 때, 이신은 검술로서는 거의 이환성의 경지를 따라잡았다.

그뿐만 아니라 지난날 동맹의 조건으로 그에게 넘겨받은 심형살검식의 후반부 초식과 청허신공의 구결 덕분에 이신의 심 형살검식에 대한 이해도는 이전보다 한층 더 높아진 상태였다.

객관적으로 놓고 보자면 이환성은 더 이상 이신의 윗길이라 보기 어려웠다. 아니, 어쩌면 둘 간의 관계는 이미 오래전에 역전되었다고 봐야 마땅했다.

이신의 지적에 이환성은 당황하지 않고, 도리어 의미심장한 미소를 머금었다.

"넌 정녕 그때 노부가 전력을 다했다고 여기는 것이냐?"

"……?"

영호검을 뽑아들려던 이신이 순간 멈칫했다.

동시에 당시의 일들을 짤막하게나마 뇌리로 떠올렸다.

그때 이환성은 본신의 실력만으로는 이신을 상대하기 힘들어서 혈염마공으로 자신의 내력을 배가시키는 수를 두었다.

한데 그게 그의 마지막 패가 아니었다?

단순히 허세일 수도 있었다. 하나 이신은 내심 고개를 가로저었다.

'아니, 완전히 불가능한 일은 아니야.'

그간 이신이 상대했던 흑월의 고수들이 주로 자신의 밑천이 드러났을 때 사용하는 최후의 방법은 십대마공뿐만이 아니었다.

거기다 이환성은 흑월 소속이기 이전에 본래 배교의 호법사자가 아니던가.

이윽고 의식을 집중하는 순간, 곧바로 이신은 느낄 수 있었다.

이환성의 내부에 보란 듯이 자리한 성화의 기운을.

그리고 이내 그것이 폭발적으로 뜨거운 열기를 발산하는 것과 동시에 이신의 시야에서 이환성의 모습이 사라졌다.

아니, 정확히는 이신이 순간적으로 그의 움직임을 따라잡지 못했다는 게 맞았다.

이신은 내심 당황했지만, 곧바로 여덟 개의 배화륜을 개방했다.

끼릭— 끼릭— 끼릭—! 화르르르륵!

이신의 내부에서 톱니바퀴 돌아가는 소리가 미친 듯이 울려댔고, 배화구륜공의 상징이라고 할 수 있는 백열의 기운이 그의 전신에서 피어올랐다.

백색의 안광으로 물든 이신의 시선이 빠르게 사방을 훑었고. 곧 그의 두 눈이 포착했다

좌우에서 두 명의 이환성이 동시에 자신을 향해서 쇄도해 오는 광경을.

        *   *   *

한 하늘 아래 두 개의 태양이 존재할 수 없는 법,

그 말은 마도무림에서도 예외는 아니었다.

더욱이 작금의 마교는 과거 다른 마도 세력을 자신의 세력 아래로 흡수하거나 멸문시킴으로써 지금의 형태를 이룬 집단이었다.

그곳의 수장인 천마의 입장에선 감히 마교 이외의 마도 세력이 존재하는 것을 용납할 수 없는 입장이었다.

때문에 그는 처음 흑월의 존재를 알았을 때부터 내심 바라왔다.

그들의 수장인 혈승과의 전면전을.

그리고 반드시 증명하고 싶었다.

옛날이고 지금이고 마도의 주인은 오직 단 하나, 마교뿐이라는 것을.

마교는 곧 천마 담무광 자신이기도 했으니까.

하나 지금의 그는 적잖이 실망한 눈치였다.

"역대 혈승 중에서 유일하게 초대 혈승에 버금가는 자라고 들었는데, 본좌의 기대가 너무 과했던 것인가? 예의 십대마공도 소문만 못하군."

아쉽다는 천마의 말투에 혈승은 아무런 대답도 하지 않았다.

아니, 정확히는 대답을 할 수가 없었다.

천마가 펼치고 있는 천마군림보의 위력은 과거 담천기가 펼친 것과는 비교도 안 될 만큼 압도적이었다.

천하의 혈승이 무형지기의 압박에 숨조차 제대로 쉬지 못

할 정도라는 게 그 증거였다.

하나 겨우 그거 하나 때문에 혈승이 대답하지 못할 만큼 위급한 게 아니었다.

지금 천마는 그저 단순하게 천마군림보 하나만 펼치고 있는 게 아니었다.

그는 천마군림보의 무형지기로 혈승의 움직임을 강제하는 것과 동시에 눈에 보이지 않는 암경과 침투경으로 쉴 새 없이 공격해 왔다.

물론 그냥 암경과 침투경이었다면 혈승도 이렇게까지 애먹지 않았을 것이다.

천마는 단순히 암경과 침투경을 날리는 것에서 그치지 않고, 각 경력을 날려대는 간격을 줄이거나 엇박자를 주는 등의 방식으로 혈승의 감각에 연신 혼란을 유도했다.

설상가상으로 그 와중에 혈승으로서도 결코 간과할 수 있는 심상경의 일수까지 몰래 날려댔다.

겉보기에는 아무것도 아닌 것처럼 보이지만, 그야말로 하나하나가 만만히 볼 수 없는 상승의 무리가 한데 집약된 공격들이었다.

게다가 원래 이신을 대신해서 그를 도와야 할 신수연도 그새 숫자가 잔뜩 불어난 혈강시 무리에게 단단히 발이 붙잡혀 버린 상태였다.

더욱이 이미 혈승은 수여 차례 혈강시 무리와의 싸움을 통해서 체력이 평소보다 많이 고갈된 상태였다. 오히려 이만큼 이나 천마의 공격에 대응하고 있다는 게 놀라울 따름이었다.

그 사실을 천마 정도의 고수가 모를 리 없을 터.

말하자면 앞서 실망했다느니 마니 하는 천마의 말은 전부 혈승을 도발하려는 목적 그 이상도, 이하도 아니었다.

여기서 괜히 흥분하면 도리어 더 깊은 수렁에 빠지고 말 뿐이다. 고수끼리의 싸움에서 그러한 이치는 더욱 냉혹하게 적용되게 마련이었다.

때문에 혈승은 천마가 뭐라고 지껄이든 간에 일절 신경 쓰지 않았다. 그저 묵묵히 거북이처럼 자신의 몸을 단단히 움츠린 채 때를 기다렸다.

천마도 사람인 이상, 무한정 공격을 계속 이어나갈 수는 없는 법.

필시 공격의 흐름이 끊어지는 틈이 생길 수밖에 없었다.

물론 고수들일수록 그러한 틈을 잘 보이지 않지만, 천마는 대놓고 틈을 드러낼 것이다.

그 틈을 비집고 혈승이 공격해 오기를 일부러 유도하려는 것이다.

미리 준비해 둔 함정 속으로 제 발로 기어들어오는 사냥감의 모습을 바라보는 사냥꾼과 같은 심정으로 말이다.

하지만 혈승은 상관하지 않았다.

어차피 천마가 보기 드문 실력의 사냥꾼이듯 그 역시 그저 그런 사냥감이 아니었다. 오히려 영악하고 사냥꾼을 농락하는 것도 모자라서 물어뜯어 죽일 만큼 난폭한 맹수 중의 맹수였다.

그 사실은 절대 간과해선 안 되고, 또 평소의 천마라면 그러했을 것이다.

하지만 혈승이 앞서 혈강시들과의 싸움으로 지쳐 있고 실제로 자신의 공격에 대한 반격도 시원찮다는 사실이 그로 하여금 일말의 방심을 하게 만들었다.

굳이 그럴 필요가 없음에도 일부러 틈을 보여서 함정을 만들었다는 게 그 증거였다.

그리고 혈승은 그 절호의 기회를 놓치지 않았다.

치르르르르르르룽—!

갑자기 혈승의 소맷자락에서 나온 조그마한 방울.

혈승이 그것을 잡고 흔드는 순간, 내내 평온하던 천마의 안색이 처음으로 일그러지기 시작했다.

"크, 크으윽! 이, 이놈 도대체 무슨……!"

서둘러 호신강기로 소리를 차단했음에도 혈승이 자아내는 방울 소리는 연신 천마의 내부를 들끓게 만들었다.

이에 천마가 당황하자, 혈승이 처음으로 미소를 지으면서 말했다.

"수라마혼령, 네놈이 그리도 무시하던 십대마공 중 하나지. 어디 이제 좀 마음에 드나?"

"이, 이놈… 쿨럭!"

천마는 뭐라 말하려고 했지만, 이내 핏물을 토해냈다.

기혈이 멋대로 들끓는 것을 넘어서 아예 내상까지 입고 만 것이다.

단 한순간의 방심이 낳은 결과!

그렇게 혈승 쪽으로 분위기가 완전히 역전되었다 싶을 때였다.

"피해!"

한 차례의 다급한 경호성.

혈강시 무리를 상대하던 신수연의 외침이었다.

이에 혈승은 뭐라 대꾸하지 않고, 서둘러 옆으로 몸을 날렸다.

그러자 좀 전까지 그가 서 있던 자리가 갑자기 포탄이라도 맞은 것처럼 움푹 내려앉았다. 눈에 보이지 않는 무형의 압력이 그대로 지면 위로 내리꽂힌 것이다.

만약 신수연이 제때 소리 지르지 않았다면, 그리고 혈승이 그 외침에 재빨리 반응하지 않았다면 지면이 아니라 그의 몸은 공간째로 짓눌리고 말았을 것이다.

혈승은 순간 뒷골이 오싹해졌다.

'방심한 건 오히려 본승이었던 것인가?'

짧은 반성과 함께 혈승은 정면을 응시했다.

그러자 좀 전까지 피를 토하면서 비틀거리던 천마가 아무렇지 않게 멀쩡한 모습으로 서 있는 게 보였다.

좀 전과 다른 게 있다면 그의 신형이 웬 검은 기운으로 둘러싸여 있다는 사실이었다.

혈승이 나지막하게 뇌까렸다.

"천마불사강기……"

혈승의 말에 천마의 입꼬리가 올라갔다.

혈승이 십대마공에 정통하다면, 천마는 천마백팔공의 대가였다.

개중 불사라는 이름에 걸맞은 최고의 속생공인 동시에 최강의 호심공인 천마불사강기를 일신에 익혀두지 않을 리 없었다.

하물며 누구에게도 밝히지 않았지만, 천마 또한 천살지체의 소유자였다. 단지 천마지존공을 대성함으로 인해서 타고난 살기를 제어할 수 있게 되어서 티가 안 날 뿐이었다.

천마는 전에 없이 환한 미소를 지으면서 말했다.

"이걸로 서로 한 번씩 사이좋게 주고받은 격이군. 과연 혈승, 그 이름에 모자라지 않구나. 이곳에 오길 정말로 잘한 것 같아."

앞서 혈승에게 실망했을 때와는 명백히 다른 태도.

그는 좀 전의 일전을 통해서 확실히 인정하게 되었다.

혈승이 자신에 버금가는 고수이며, 절대로 방심할 수 없는 강적이라는 것을.

그러므로 이전과는 완전히 다른 마음가짐으로 상대할 참이었다.

"이제부터 진짜다. 아무쪼록 잘 버텨보거라."

말을 마침과 동시에 천마지존공의 묵직하면서도 압도적인 기도가 사위를 가득 채우기 시작했다.

이에 혈승은 함께 기도를 개방해서 맞대응하는 대신, 묵묵히 두 손을 모아서 합장했다.

그러자 핏빛 광채로 물든 무형의 검이 점차 모습을 드러내기 시작했다.

그걸 본 천마가 두 눈을 부릅떴다.

"심검!"

설마 이 상황에서 심검을 펼치려고 들다니.

천마가 그저 그런 고수라면 확실히 나쁘지 않은 선택이었다.

웬만한 수단으로는 심검을 대적할 수 없을 테니까.

하나 그는 엄연히 마도의 종주이자 이 무림에 몇 안 되는 입신경급의 고수였다.

"어리석은······."

심검은 어떻게 보자면 양날의 검과 같은 것.

강기 등을 상대로는 우위를 점할지 모르나, 같은 심검과 상대할 때는 이야기가 달라진다.

어디까지나 서로의 강약이 승부를 결정짓게 된다. 심지어 심검이 깨진다는 것은 곧 자신의 마음이 꺾이는 것이나 다를 바 없다.

마음이 꺾인다면 잘해도 주화입마, 어쩌면 하나밖에 없는 목숨마저 잃을 가능성이 농후했다.

즉, 얻는 것에 비해서 잃을 게 훨씬 더 많다는 소리.

천마의 말마따나 혈승은 실로 어리석은 선택을 한 것이다. 하나 한편으로는 이런 생각도 들었다.

만약 혈승이 그런 위험을 다 감안하고 심검을 쓴 거라면?

뭔가 다른 꿍꿍이가 있는 게 아닐까?

그리 생각하자 천마의 머릿속이 살짝 복잡해졌다.

뭣보다 앞서 혈승이 수라마혼령이라는 의외의 한 수를 선보인 터라 의심은 더욱 짙어질 수밖에 없었다.

차라리 이대로 시간을 끄는 게 훨씬 낫지 않을까라는 생각도 들었다.

심검을 유지하기 위해선 심력도 심력이지만 그야말로 가공할 만한 내력을 필요로 한다.

장기전으로 끌고 간다면 무조건 천마에게 유리할 수밖에 없었다.

하나 잠시 동안의 고민 끝에 천마가 내놓은 답은 예상과는 조금 달랐다.

화르르르륵—

검은 기운이 그의 손 위로 응집되더니 이윽고 검의 형상을 취하기 시작했다.

천마지존공에 의해서 펼치지는 심검!

놀랍게도 천마가 내놓은 대답은 혈승과의 정면 승부였다.

'뭘 준비하든 간에 상관없다!'

제아무리 혈승이 미처 예상치 못한 수단을 내놓는다고 한들, 어차피 자신이 해야 할 일은 정해져 있었다.

바로 혈승이 준비해 둔 비장의 수마저도 무너뜨릴 만큼 압도적인 공격을 펼치는 것이었다.

하물며 지금 이 자리는 혈승과 자신, 둘 중에서 진정으로 마도의 절대자에 어울리는 자가 누구인지 가리는 자리가 아니던가.

실리를 따질 때가 아니었다.

마도란 곧 패자(覇者)의 길!

권모술수 등이 아닌 순수한 무로 적을 제압하고 다스리는 것이 원칙이었다.

그리고 그 험난한 길을 올곧이 관철하는 것이야말로 마도의 일대종주인 천마에게 가장 잘 어울리는 모습이었다.

때문에 고작 상대가 무슨 수를 숨기고 있을지 모른다는 이유만으로 정면 승부를 피한다면 그건 한낱 겁쟁이에 불과할뿐, 전혀 천마답지 않은 행동이라고 볼 수 있었다.

그렇기에 천마는 자신의 오른손을 천천히 위로 치켜들었다.

그러자 막 완성된 혈승의 심검이 초라해질 만큼 거대한 심검이 천장을 꿰뚫고 높이 솟아오르기 시작했다.

콰과과광―!

요란한 꿍음과 함께 무너져 내리기 시작하는 복도 천장!

천마는 지금 이곳이 지하라는 사실마저 망각할 만큼 자신의 전력을 모조리 다 쏟아붓고 있었다.

이에 천마가 예상한 대로 혈승 또한 숨겨둔 비장의 수를 사용했다.

후우우우우우웅―!

사방으로 연기처럼 뻗어나가는 붉은 사기!

그것들은 막 신수연에 의해서 쓰러진 혈강시들을 덮쳤고, 사기에 닿자마자 재생하려고 하던 혈강시들의 몸이 순식간에 목내이처럼 삐쩍 말라붙어서 피부밖에 남지 않았다. 그것도 모자라서 곧 그들의 몸은 먼지로 화해서 사라졌다.

그걸 본 신수연은 깨달았다.

처음 혈승이 이신과 자신에게 혈강시 무리를 상대로 시간을 벌어달라고 했을 때, 그가 생각해 냈다던 방책이 무엇이었는지를.

'흡정!'

본질적으로 혈강시들이 재생하는 원천이 되는 그들의 생명력, 그 자체를 갈취하는 게 그의 계획이었던 것이다.

앞서 말했던 일각이라는 시간은 어디까지나 이신 등이 혈강시들을 쓰러뜨리는 데 필요한 시간일 뿐, 흡정 그 자체를 사용하는 것과는 별개였다.

아무튼 흡정을 통해서 상당수의 내력과 체력을 동시에 회복했기에 이제는 무작정 혈승이 천마에게 밀린다고 볼 수도 없었다.

뜻밖의 상황 전개에 천마는 당황하지 않았다. 도리어 그는 기꺼워했다.

"그래, 그리 나와야지!"

명색이 천마와 혈승 간의 대결이었다.

시시하게 끝나기보다는 차라리 이런 식으로 예상치 못한 방향으로 흘러가는 게 더 나았다.

더불어서 천마는 심검에 주입하는 내력의 양을 배로 늘렸다.

그러자 천마지존기로 이루어진 심검의 크기도 커지면서 아예 지상과 지하를 하나로 잇는 구멍 하나가 떡하니 생겨 버렸다.

그 와중에 혈승이 움직였다. 단숨에 천마와의 간격을 좁힌 그는 수중의 혈검을 휘두르면서 외쳤다.

"파천혈뢰(破天血雷)!"

그것은 아수라파천검의 마지막 절초였다.

그리고 혈승은 단순히 겉치레로 초식명을 외친 게 아니었다.

심검이란 무릇 자신의 정신력에서 크게 위력이 갈리게 마련!

직접 초식의 이름을 외침으로써 말 그대로 하늘을 깨부수는 심상 그 자체를 강화하고 극대화시키는 것이다.

그러자 그의 노력이 헛되지 않았다는 듯 수중의 혈검은 단숨에 하늘마저 쪼개 버릴 듯한 기세의 붉은 번개로 화해서 천마를 덮쳤다.

바로 그 순간, 천마는 나지막하게 읊조렸다.

"네놈이 하늘을 부순다면, 본좌는 아예 세상 그 자체를 없애리라."

그와 동시에 하늘 높이 치솟았던 심검이 도로 일반적인 장검 크기로 줄어들었다.

아니, 정확히는 압축되었다.

그리고 한데 압축되었던 거대한 힘이 일시에 개방되는 순간!

쿠와아아아아아아악—!

천마멸세(天魔滅世).

천마신공과 짝을 이루는 절학이자 오로지 천마만 익힐 수 있는 검법, 천마지존검(天魔至尊劍)의 절초가 모든 것을 집어삼키기 시작했다. 물론 혈승이 앞서 날린 번개도 예외는 아니었다.

이윽고 세상은 칠흑 같은 어둠으로 뒤덮였고, 마치 세상의 파멸을 예고하는 듯한 무거운 침묵이 찾아왔다.

그 속에서 천마는 내심 확신했다.

'이겼다.'

좀 전의 충돌로 인해서 혈승의 심검이 깨지는 것을 느꼈다. 손맛도 확실히 있었다.

이에 기대하는 마음으로 어둠이 잦아드는 것을 기다리는 것도 잠시, 곧 그의 얼굴이 굳어졌다.

혈승이 서 있던 자리.

그곳에는 웬 얼음 기둥 하나가 버젓이 버티고 서 있었다.

중간에 잘려져 나간 기둥의 매끈한 단면이 좀 전에 그가 느낀 손맛의 정체가 무엇인지 대신 말해주는 듯했다.

"…빙마검후."

대번에 신수연이 중간에 개입했음을 눈치챘지만, 천마는 결코 서두르지 않았다.

'어차피 놈의 심검은 깨졌다. 그것 하나만은 확실하다. 즉 지금쯤 놈은 사경을 헤매고 있을 터.'

목숨도 간당간당하지만, 더욱 중요한 사실은 혈승은 이제 두 번 다시 본래의 무공을 되찾을 수 없을 것이었다. 설령 기적적으로 무공을 회복한다고 한들, 전성기의 절반에도 못 미칠 터.

약해진 그는 더 이상 천마의 관심 대상이 아니었다.

천마는 한결 여유로운 얼굴로 돌아서면서 슬그머니 천장 위에 나 있는 구멍을 올려다봤다.

그 사이로 하나의 점처럼 보이는 보름달을 바라보면서 조용히 뇌까렸다.

"이제 남은 한 명만 해결하면 되겠군."

의미심장한 말과 함께 그의 신형이 어둠 속으로 동화되듯 사라졌다.

그리고 그 뒤를 희미한 그림자가 소리 없이 뒤따랐다.

　　　　*　　　　　*　　　　　*

　카캉!

　허공에서 부딪쳤다가 떨어지길 반복하는 두 개, 아니, 세 개의 검.

　그중 두 개의 검을 동시에 휘두르고 있는 이환성은 내심 경악했다.

　'다르다.'

　갓 팔륜의 경지에 오름으로 인해서 입신경에 접어들었을 당시에도 이신은 쉽지 않은 상대였으나, 어디까지나 내력에 한해서였다.

　검법 자체는 충분히 상대할 만한 수준이었다.

　당시 이환성이 혈염마공을 통해서 일시적으로 격발시킨 내력으로 그에게 대적할 수 있었단 게 그 증거였다.

　하나 지금의 이신은 달랐다.

　당장 원영신을 이용한 합공을 일검에 막아낸 게 그 증거였다.

　또한 그는 이환성의 검을 정확하게 받아치는 것도 모자라서 절묘하게 빈틈을 찔러왔다.

　하물며 지금 이환성은 성화의 기운으로 인해서 무공의 경지 자체가 확연히 상승한 상태에다 원영신과 함께 톱니바퀴가 맞물리듯 정교한 합공을 쉴 새 없이 이어나가고 있었다.

　그럼에도 좀체 이신을 압도할 수가 없었다.

도대체 이전의 그와 지금의 그에게는 무슨 차이가 있는 것일까?

이환성은 어렵지 않게 정답을 떠올렸다.

'심형살검식의 후반부 초식.'

동맹의 조건으로 넘겨줬던 그것.

이신은 불과 얼마 채 되지도 않은 시간 만에 그것을 완벽히 자신의 것으로 체득해 낸 것이다.

자연스레 심형살검식에 대한 이해도나 완성도도 이전보다 훨씬 깊고 높아졌다.

그 외에는 작금의 상황을 딱히 설명할 길이 없었다.

'그리고 청허신공까지 자신의 것으로 만든 건가?'

이신은 지금 여덟 개의 배화륜을 동시에 돌리고 있었다. 성화의 기운에 의해서 배가된 이환성에게 내력 면에서 밀리지 않는 것도 그 때문이었다.

지난날 혈승과 상대할 때 배화륜이 폭주되었던 것과는 사뭇 다른 광경.

그건 바로 청허심법이 아닌 그것의 발전형이자 최종 형태인 청허신공으로 배화구륜공의 배가된 마기를 중화시켰기 때문이다.

그 때문에 이전과 같은 폭주가 일어나지 않고, 계속해서 안정적으로 배화륜을 돌릴 수 있는 것이었다.

'허, 정말 대단한 녀석이야.'

이환성은 현실을 인정했다.

내심 자신이 이신의 잠재력을 과소평가했음을 뼈저리게 통감하면서.

하나 그렇다고 해서 무작정 손 놓고 있을 수는 없었다.

스윽—

두 명의 이환성이 동시에 각기 다른 자세를 취했다.

그걸 본 이신의 미간이 좁아졌다.

'섬뢰, 그리고 불망……'

심형살검식의 초식 가운데서도 가장 빠른 초식과 가장 무거운 초식이 동시에 튀어나오다니.

하나 이신은 당황하지 않고, 영호검을 수직으로 곧추세웠다.

그러자 검신 위로 활활 타오르기 시작하는 백열의 불길!

그 기세가 범상치 않다는 것을 안 두 명의 이환성은 서둘러 검을 휘둘렀다.

하나.

화아아아아아악—!!

뜨거운 열기와 함께 터져 나온 새하얀 어둠이 두 명의 이환성을 반사적으로 물러나게끔 만들었다.

'백야!'

놀랍게도 이환성이 점과 점으로 공격해 오자 이신은 아예 면으로 방어한 셈이었다.

거기다 주변을 환하게 밝혀오는 백야의 불빛 때문에 이환성은 순간적으로 시야에서 이신을 놓치고 말았다.

두 명의 이환성은 각기 다른 방향으로 이신을 쫓기 시작했지만, 둘 중 누구도 이신을 찾지 못했다.

백야를 펼침과 동시에 혈영보를 펼친 이신이 주변 정경과 녹아든 것도 모자라서 자신의 기척마저 철저하게 감춘 것이다.

이리되면 제아무리 내력으로 시력을 돋구고, 기감의 그물을 사방으로 퍼뜨려도 찾기 어려운 법.

그렇게 이환성이 당황할 때였다.

푸욱—!

"크억!"

우측에 서 있던 이환성이 돌연 비명을 내질렀다.

그의 가슴팍 위로 한 자 정도 튀어나온 묵빛의 검신.

이신의 영호검이었다.

이윽고 도로 검을 회수한 이신이 남은 한 명의 이환성 쪽을 향해서 돌진했다.

"노옴!"

이환성이 처음으로 노기 가득한 외침을 터뜨렸다. 하나 그 속에서 이신은 다른 걸 느꼈다.

다급함과 초조함.

그 사이 이신에게 찔린 또 한 명의 이환성은 점점 희미해져 갔다.

조금만 더 놔뒀다간 완전히 사라질 것 같은 모습.

이를 통해서 이신은 확신했다.

'역시 그랬군.'

이환성의 분신은 원영신이 아니었다.

아니, 정확히는 그것을 흉내 냈다는 게 보다 더 맞는 표현
이었다.

본디 심검이란 자신의 내부에 자리한 심상을 구현하는 것.

이환성은 그런 심검의 이치를 이용하여서 보다 자신과 가
까운 분신을 심상으로 구현화한 것에 지나지 않았다. 무엇 때
문에 원영신처럼 느껴진 것인지는 몰라도, 아무튼 도가의 지
고한 경지와는 상당히 거리가 멀었다.

그리고 그 심상이 사라지려고 한다는 것은 그의 심검이 깨
진다는 소리.

이전과 다르게 서두르는 이환성의 모습이 그것을 십분 증명
했다.

내내 의아하게 느껴왔던 의혹이 풀림과 동시에 이신은 서둘
러 검을 휘둘렀다.

지금 이환성은 심검 자체에 충격을 받은 상황이었다.

제아무리 성화의 기운이 있다고 한들, 정상적으로 반응하
기 어려웠다.

고로 지금이 그를 쓰러뜨릴 수 있는 절호의 기회!

그 천금 같은 기회를 놓칠 수 없었다.

퍼억—!

이신의 좌수가 이환성의 가슴팍을 후려쳤다. 둔탁한 충격음과 함께 용암처럼 뜨거운 기운이 이환성의 내부로 침투했다.

'우선은 성화의 기운부터.'

제아무리 회생 불가의 상처를 입힌다고 하더라도 성화의 기운이 있다면 어떤 식으로든 부활할 가능성이 높았다. 그건 지금까지의 경험이 증명하고 있었다.

해서 이신은 배화구륜공의 흡자결을 전력으로 운용하였고, 그의 의도대로 이환성의 내부에 자리한 성화의 기운은 그대로 미끼를 문 물고기처럼 고스란히 이신에게로 넘어왔다.

그리고 그것을 막 배화륜으로 흡수하고 정화하려고 할 때였다.

"…걸려들었구나."

"……!"

의미심장한 이환성의 말.

그에 뭐라고 채 답하기도 전에 이신은 가슴팍을 부여잡은 채 주저앉았다.

'크으으으윽!'

좀 전까지만 해도 얌전하던 성화의 기운이 거짓말처럼 그의 내부에서 마구 요동치는 것이 느껴졌다. 놈은 절대로 배화륜에 섞여들려고 하지 않았다. 아니, 오히려 거꾸로 배화륜을 잡아먹으려고 들었다.

그 거센 반격에 뜨거운 열기가 단숨에 이신의 온몸으로 퍼졌다.

어찌나 뜨거운지 이신은 괴로운 신음성을 토해냈고, 그의 몸에선 새하얀 김이 수증기처럼 피어오를 정도였다.

그러는 와중에도 이신은 뭔가 이해하기 어려운 기시감을 느꼈다.

'이, 이 열기는……!'

배화구류공에 의해서 어지간한 양강지기에는 끄덕도 안 하는 이신마저 괴롭다고 느낄 만큼의 열기!

이전에도 이신은 그와 비슷한 것을 느낀 바가 있었다.

아니, 그때와 완전히 똑같았다.

'성화의 의지!'

그렇다.

꿈에서 만났던 성화의 의지, 그리고 놈과 헤어질 때마다 이신의 몸을 불태웠던 바로 그 불꽃의 열기!

조금 전에 느낀 기시감도 바로 거기에서 기인한 것이었다.

이윽고 들려오는 이환성의 음성.

"최후의 시련, 부디 잘 이겨내 보거라."

사뭇 의미심장한 그 말과 함께 끝내 이신의 의식은 희미해졌다.

第八章
망교비원(亡敎秘願)

　이신의 몸은 수증기를 넘어서 이제는 아예 검은 불길에 휩싸였다.

　그 상태로 의식을 잃은 이신을 내려다보면서 이환성은 내심 중얼거렸다.

　'위험했어.'

　연기처럼 희미해져 가던 그의 분신은 가까스로 소멸을 피해갔지만, 이환성의 영혼에 새겨진 상처는 어찌할 방도가 없었다.

　분신을 노린 이신의 한 수는 그만큼 무서웠다.

　'만약 녀석이 성화의 기운을 흡수하지 않고, 그대로 공격을

이어나갔다면······.'

아마도 이환성은 무사하지 못했을 것이고, 계획은 크게 어그러지고 말았을 것이다.

하나, 결국 모든 것은 예지대로 되었다.

이에 저도 모르게 쓸쓸한 미소가 그의 입가에 떠오를 때였다.

"마지막 조각이 드디어 맞춰졌군요."

등 뒤에서 들려온 음성에 이환성이 고개를 돌렸다.

그러자 그곳에는 신녀가 서 있었다.

평소와 달리 그녀의 눈은 검은 안광으로 물들어 있었는데, 현재 그녀가 성화와 연결되어 있음을 의미했다.

이환성은 고개를 가로저으면서 말했다.

"아직 그리 말하기엔 성급하지. 이 아이는 노부조차 감당하기 어려운 실력을 지녔네. 제아무리 성화라도 놈을 완전히 굴복시키려면 시간이 필요할 터."

이환성의 신중한 말에 신녀가 미소를 지으면서 말했다.

"뭘 그리 걱정하시죠? 계획은 이제 거의 다 진행됐어요. 이제 남은 것은 하나밖에 없잖아요?"

그래.

이제 하나밖에 남지 않았다.

이환성의 오랜 숙원, 배교의 부활.

그것을 이루기 위해서 이제 고작 단 하나의 과정만 남겨둔 상태였다.

이환성이 문득 신중해진 것도, 행여나 마지막 순간에 가서 실수하면 어쩌나 하는 일말의 불안감 때문이었다.

하나 검은 불길에 휩싸인 채로 무릎 꿇은 이신을 보는 순간, 그 일말의 불안감도 어느 정도 씻은 듯 날아가는 것 같았다.

해서 그는 마음 놓고 편안하게 말했다.

"배교의 부활."

이환성이 오랫동안 속에 감춰두었던 자신의 비원을 입 밖으로 내뱉는 순간, 신녀는 저도 모르게 나지막하게 탄성을 내질렀다.

멸교의 길을 걸은 지 어언 수백 년.

하나 성화의 불길은 여전히 꺼지지 않고, 줄곧 이어져 내려왔다.

물론 작금의 성화는 정상적이지 않았다.

오랜 세월의 혹사와 온갖 사술의 영향으로 인해서 최초의 순수한 성화로서의 면모는 거의 다 마모되어서 사라진 지 오래였다.

그건 이환성도 신녀도 모두가 인정하는 바였다.

하나 그게 뭐 어쨌단 말인가?

어떻게 변질되었든 간에 성화는 성화였다.

그 사실은 변함없었다.

때문에 이환성은 내심 만감이 교차한다는 표정으로 말했다.

"참으로 오랜 시간이 걸렸소, 신녀."

"참으로 긴 시간이었죠, 호법. 아니……."

신녀는 갑자기 무릎을 꿇으면서 예를 갖추더니 마저 말을 이었다.

"교주시여."

만약 이신이 멀쩡한 상태였다면, 지금 신녀의 말에 당혹감을 금치 못했을 것이다.

교주라니.

내내 자신을 배교의 호법사자라고 밝혀온 이환성이었다. 한데 그 말이 거짓이었단 말인가?

물론 그건 엄연한 사실이었다.

그의 가계가 오랫동안 호법사자의 자리를 지켜온 것 역시도.

단지 그 외에도 또 하나, 이환성이 오랫동안 숨겨온 사실이 있었다.

아니, 이건 배교의 오래된 비밀이라고 해야 마땅했다.

배교는 다른 마교와 달리 성화라는 특별한 신물을 섬기고 있다.

따라서 일반적으로 교도들을 다스리고 책임지는 교주 외에도 오직 단 하나, 성화만을 평생토록 수호해야 하는 사명을 가진 또 하나의 교주가 존재한다.

이른바 그림자 교주.

이환성의 핏줄이 바로 그 그림자 교주의 일맥이었다.

그렇기에 그는 호법사자이면서 그림자 교주였다.

교주파에게 밀린 신녀파가 지금껏 그 명맥을 이어올 수 있었던 것도 그림자 교주의 도움 덕분이었다.

사실상 신녀가 이환성에게 몸을 의탁하기로 마음먹은 것도 그러한 이환성의 비밀에 대해서 알고 난 다음이었다.

하나 단순히 그림자 교주라는 직위 때문에 그와 손을 잡은 것은 아니었다.

대대로 배교의 그림자 교주에게는 남다른 능력이 있었다.

바로 성화와의 연결!

그도 그럴 것이 그림자 교주란 신녀 외에 유일하게 성화의 의지와 연결될 수 있는 자만이 가질 수 있는 호칭이었으니까.

오로지 신녀만이 성화를 다룰 수 있다는 상식을 완전히 뒤집는 내용이 아닐 수 없었으나, 사실은 사실이었다.

방금 전, 이환성이 오직 이신과 성화의 의지 단둘만 알고 있는 내용을 언급한 것도 그 때문이었다.

'진정한 시련. 그래, 그 말 그대로다.'

천하의 성화조차 이신이 넘어설지 아닐지 확실히 예지하지 못한 최후의 시련.

그것은 어찌 보면 이환성에게도 그대로 적용되는 것인지도 몰랐다.

그의 시선이 저도 모르게 유세화와 담소연을 번갈아 봤다.

'저것들만 완성된다면…….'

그의 계획은 간단했다.

우선 유세화가 가진 능력을 이용해서 망가진 성화를 완전히 정화시킨 다음, 담소연의 육신에 정화된 성화를 안착시킴으로서 영원불멸한 성화의 화신을 만드는 것.

앞서 그가 담소연을 일컬어서 최고의 그릇이라고 칭한 것도 그 때문이었다.

혹자는 굳이 그럴 필요까지 있나 싶을 것이다.

이미 신녀가 존재하는 데 성화의 화신이라는 존재를 따로 둘 이유가 뭐란 말인가?

하나 이환성의 생각은 달랐다.

'본 교에 더 이상의 신녀는 필요치 않다.'

성화, 그리고 그림자 교주인 자신의 능력만 있어도 얼마든지 성화의 공능을 사용할 수 있었다.

그렇다면 굳이 신녀라는 존재는 필요치 않았다.

또한 과거 배교가 멸망한 이유가 무엇이던가?

당시 교주의 예상치 못한 변절이 절대적이긴 했지만, 그 이전에 교주와 신녀라는 두 명의 지도자가 존재함으로써 세력 역시 둘로 양분되는 바람에 마교에 제대로 대항하지 못한 게 가장 큰 패착이었다.

차라리 둘이 하나였다면 배교의 운명은 지금과 많이 달라졌을 터.

그렇다면 성녀의 역할도, 교주로서의 역할도 모두 다 감당할 수 있는 그림자 교주인 이환성이야말로 새로운 배교의 교주 자리에 오르는 데 가장 합당한 인물이었다.

정녕 그리 된다면 배교를 부활시키겠다는 그의 비원은 완벽하게 이루어질 것이고, 신녀로서의 책임이나 굴레로부터 자유로워지고 싶다는 신녀의 바람 또한 자연스레 이뤄질 것이다.

하나 그리 되면 단 한 가지 문제점이 발생한다.

바로 그림자 교주 자리가 공석이 되고 만다는 사실이었다.

그림자 교주의 사명은 누가 뭐래도 성화를 지키는 것.

하나 이환성이 교주직을 맡으면서 동시에 성화까지 지킨다는 건 현실적으로 불가능한 일이었다.

더욱이 차후 성화의 화신이 완성된다면 더더욱 그녀의 곁에서 한시도 떨어지지 않고 내내 지켜야 할 존재가 반드시 필요했다.

해서 이환성은 내내 눈독을 들여왔다.

배신자의 후예이자 배교의 호교절학인 배화구륜공을 익힌 유일무이한 존재, 바로 이신을 말이다.

자신이 그림자 교주 자리에서 물러나고, 그 자리를 대신 이신이 이어받는 것.

그리한다면 그가 교주 자리에 오른다고 한들 이렇다 할 결격사유가 될 수 없었고, 공석이어야 할 그림자 교주의 자리도 말끔히 채울 수 있었다.

더욱이 직접 자신의 핏줄을 이은 것은 아니지만, 친아들 이극렬의 양아들이라는 것도 마음에 들었다.

교주와 그림자 교주.

둘 모두 이환성의 가계가 차지하는 것이다.

오래전에는 어둠 속에서 숨어 지낼 수밖에 없었던 그가 말이다.

그 사실이 이환성으로 하여금 이루 말로 형용할 수 없는 희열을 안겨다주었다.

물론 이대로 이신이 자신을 대신해서 그림자 교주가 될 리는 없었다. 제정신이라면 끝까지 저항할 터였다.

하여 지금 신녀는 성화의 권능을 사용하여 그의 몸과 마음을 조금씩 지배하고 있었다. 현재 이신의 몸을 뒤덮고 있는 검은 불길의 정체가 그것이었다.

어떻게 그러한 일이 가능한가 싶지만, 이신은 지금껏 무수히 많은 성화의 기운을 흡수해 왔다.

그래서 자신도 모르는 사이에 그의 내력은 성화의 그것에 가까워졌고, 그렇기에 성화의 권능에 무력하게 당할 수밖에 없었다.

이대로만 간다면 이신은 이제 완전히 자신의 의지를 상실한 채 오직 이환성의 말에만 충성하고 따르는 그림자가 될 터.

생각만 해도 이상적인 그림이었고, 이환성에게는 반드시 이루어야 할 목표 중 하나였다.

하나 그러려면 넘어야 할 관문이 남아 있었다.

이환성의 시선이 등 뒤로 향했다.

동굴의 입구.

그 너머에서 다가오는 거대한 기도를 느꼈다.

신녀 또한 그것을 느낀 듯 한껏 긴장한 얼굴로 속삭였다.

"그가 왔어요."

그녀의 말에 이환성은 아무런 답도 하지 않고 그저 입구만을 응시하였다.

그리고 잠시 후, '쾅' 하는 소리와 함께 석문이 부서지면서 모든 것을 앙복하게 만드는 기세가 폭풍처럼 거침없이 장내를 휩쓸었다.

"본좌가 너무 늦게 온 것은 아니겠지?"

온화한 말투, 하나 정작 두 눈은 전혀 웃고 있지 않는 흑의 중년인을 바라보면서 이환성은 뇌까렸다.

"천마……."

이번 일을 도모하면서 가장 큰 도움이 된 자를 손꼽자면 그의 이름을 빼놓을 수 없었다.

그와 손을 잡게 된 것은 정마대전이 끝나던 그날, 천마가 혈강시화된 담소연과 조우했을 때였다.

그때 이후로 천마는 그늘 아래서 이환성 일당을 지원해 왔다.

심지어 스스로 망혼초에 중독되고, 아들 담천기의 몸에 몰래 고독을 심어두기까지 하는 등의 행동으로 마교와 흑월의 연결 자체를 누구도 의심할 수 없게 만들었다.

그 덕분에 혈강시의 연구는 보다 빠르게 진척될 수 있었고, 혈승의 부재를 틈타서 흑월 전체를 장악하는 것 역시 손쉽게 끝냈을 수 있었다.

하나 토사구팽(兎死狗烹)이란 말이 괜히 나왔겠는가?

모든 일이 다 끝나가는 마당에 천마란 존재는 심히 껄끄러웠다.

아니, 껄끄러운 것을 넘어서 그는 가장 위협적인 존재였다.

왜냐하면…….

"이제 슬슬 본좌의 몫을 정산해야 할 시간이 된 것 같구만."

그는 결코 자신의 것을 남과 나누려고 하지 않는 것도 모자라서 도리어 남의 것까지 빼앗으려고 할 만큼 탐욕스러운 자였으니까.

멍하니 서 있는 담소연과 검은 불길에 휩싸인 이신을 번갈아 보면서 그의 눈이 순간적으로 뱀의 그것처럼 번뜩이는 게 그 증거였다.

이환성은 허허 웃으면서 말했다.

"아직 무림맹과 천시련이 남아 있소. 정산은 그들까지 마저 정리한 다음에 해도 늦지 않다고 봅니다만?"

이환성의 물음에 천마가 단호하게 고개를 내저었다.

"우리의 동맹은 여기까지네. 굳이 그 다음을 언급할 필요는 없어."

"허허, 이미 마음을 다 정하신 것이구려. 그럼 천마께서 원하시는 몫이라는 게 정확하게 무엇이오?"

"뻔한 걸 묻는군."

천마는 곧바로 신녀의 등 뒤, 청동화로 위에서 활활 타오르고 있는 성화를 가리키면서 말했다.

"본좌가 원하는 것은 저것일세."

"불가하오."

이환성은 단칼에 천마의 요구를 잘라 버렸다.

하나 그럼에도 천마는 전혀 물러날 기미를 보이지 않았다.

오히려 기세를 이전보다 드높이면서 말했다.

"안 된다면 힘으로 본좌의 것을 가져가는 수밖에 없지."

"언제부터 본 교의 것이 그대의 것이 된 것이지?"

이환성의 반문에 천마는 히죽 웃었다.

"어차피 이 세상은 강자존의 법칙으로 돌아가는 법. 가장 강한 자가 모든 것을 가지게 마련 아니겠나? 그리고……."

천마의 말이 중간에 끊어졌다.

동시에 이환성은 철검을 뽑아들었고, 이윽고 강렬한 쇳소리가 장내에 울려 퍼졌다.

그 충돌로 인한 여파에 신녀는 '꺄악' 소리를 내면서 자신보다 작은 담소연의 뒤에 숨었다.

겨우 잠잠해졌다 싶은 순간, 이환성과 검을 맞댄 천마의 모습이 눈에 들어왔다.

혈승과의 싸움에서 꺼내들지 않았던, 혁대 대신 허리춤에

차고 있던 연검이었다.

꼿꼿하게 솟아오른 연검의 날처럼 날카로운 눈매로 이환성과 마주 보면서 천마는 마저 못다 한 말을 이었다.

"자고로 한 하늘 아래 두 개의 태양은 존재할 수 없는 법이지."

혈승을 쓰러뜨린 이상, 이제 남은 것은 이환성 한 명뿐이었다.

사실상 천마의 진정한 목적은 이것이었다.

성화를 언급한 것은 어디까지나 명분에 불과할 뿐이었다.

어차피 이환성을 쓰러뜨리면 자연히 손에 들어올 부산물이기도 했고.

이환성의 입꼬리가 살짝 올라갔다.

역시나였다.

천마는 그가 생각한 그대로의 사람이었다.

그렇기에 작금의 상황이 별로 놀랍지도 않았고, 그와의 충돌도 그다지 두렵지 않았다.

해서 그 역시 똑바로 천마의 눈을 마주 보면서 대답했다.

"내가 할 말을 대신해 줘서 고맙소. 그럼… 이만 시작합시다."

한순간 주위의 기도가 바뀌었다. 이환성의 주변으로 눈에 보이지 않는 일진광풍이 휘몰아쳤다.

사방을 완전히 장악하고 있던 천마의 기도가 처음으로 밀려나는 순간이었다.

그리고 두 명의 이환성이 천마를 덮쳤다.

*　　　*　　　*

혈승이 눈을 떴을 때, 보름달이 휘영청 떠 있는 밤하늘이
그를 반겼다.

'여… 긴?'

배교의 성지는 아니었다. 그도 그럴 게 지하에서 밤하늘을
올려다 볼 수 있을 리 만무하니까.

무심결에 상반신을 일으키려다가 혈승은 순간 움찔했다. 움
직이자마자 전신의 근육이 갈기갈기 찢어지는 것 같은 고통이
느껴졌기 때문이다.

그나마 비명을 내지르지 않은 건 그간 수련을 통해서 쌓아
온 인내와 단련된 육신 덕분이었다.

하나 고통 때문에 숨이 거칠어지고 얼굴이 일그러지는 것
까지는 어찌할 방도가 없었다.

한참 헉헉대던 혈승은 문득 의아한 표정을 지었다.

'어, 어떻게 본승이 살아 있는 거지?'

천마와 마지막 충돌.

그때 혈승의 심검은 꺾였고, 그것을 마지막으로 혈승의 의
식은 끊어졌다.

정상적인 수순이라면 결코 죽음을 피할 수 없는 상황.

한데 이리 살아서 밤하늘을 보고 있다는 사실이 좀체 믿기

지 않았다.

바로 그때, 등 뒤에서 그의 등을 받쳐주는 손길을 느꼈다.

따뜻하다기보다는 차갑다는 느낌.

순간 이에 놀라서 고개를 돌리자 무표정한 소녀의 얼굴이 보였다.

'환혼빙인?'

뜻밖의 상황에 멍한 표정을 짓고 있는 그의 귓가로 한 줄기 음성이 들려왔다.

"빨리도 일어났네."

퉁명스럽고, 그리고 어딘가 모르게 비아냥거리는 듯한 말투.

하나 음성 자체는 가녀리고 영롱했다.

혈승이 고개를 돌리자 그곳에는 예상대로 신수연이 서 있었다.

'빙마검후.'

혈승은 그녀를 보자마자 금세 상황이 어떻게 된 것인지 대충 짐작할 수 있었다.

'그녀가 본승을 구했군.'

신수연은 입신경의 고수였다.

당장은 혈승과 천마와의 싸움에 끼어들지는 못하더라도 틈을 봐서 혈승을 빼내는 것 정도는 충분히 가능한 일이었다.

그래도 혹시 몰라서 자초지종을 물으려고 하는데, 신수연이 먼저 말문을 열었다.

"운이 좋았어. 내가 끼어드는 게 조금만 늦었어도 당신 목숨은 거기서 끝났을 거야. 정말 위험천만했어."

"그렇… 군."

하나 한 가지 풀리지 않는 의문이 있었다.

'목숨은 그렇다 치고, 분명 기혈이나 내부가 엉망진창이긴 하지만……'

심검이 깨진다는 건 정신의 타격을 입는다는 것이요, 그리 되면 최소 주화입마를 얻거나 당분간 무공을 사용하기 어려 워지는 게 보통이었다.

한데 문제는 그 엉망진창인 와중에도 혈승의 내부에서는 여전히 혈염마공의 내력이 희미하게나마 흐르고 있다는 사실 이었다.

상식적으로 말이 안 되는 일이었다.

그런 혈승의 의문을 눈치채기라도 한 듯 때마침 신수연이 말했다.

"또 하나, 당신이 정말로 운이 좋았던 건 천마와 싸우기 직 전에 혈강시들의 정혈을 흡수했다는 사실이야."

"아……!"

그녀의 말에 혈승은 탄성을 내질렀다. 마음 같아선 자신의 무릎을 탁 치고 싶을 정도였다.

단순히 부족한 내공과 기력을 충전하고자 행했던 흡정.

하나 그가 흡수한 정혈은 그냥 정혈이 아니었다.

무수히 많은 육신의 파괴에도 무한하게 재생을 거듭하던 혈강시.

그들이 품고 있는 지독한 생명력은 천마의 심검에 의해서 무너지려는 혈승의 몸을 수없이 복원하고 재생시키길 반복했다.

혈승의 목숨과 함께 그의 무공도 건재할 수 있었던 이유도 다 그 때문이었다.

특히 신수연은 혈승이 의식을 잃은 동안 그에게서 일어나는 변화를 직접 목도했기에 더더욱 그가 운이 좋았다고 자신할 수 있었다.

하나 그뿐만이 아니었다.

만약 신수연의 도움이 없었다면?

무공은커녕 목숨조차 제대로 건질 수 없었을 것이다.

그 사실을 실감한 혈승이 입을 열었다.

"고, 고맙… 다."

순간 혈승은 자신의 입이 평소보다 잘 떨어지지 않는 걸 느꼈다.

'그러고 보니……'

흑월에 있을 때 누군가가 자신을 돕는 건 지극히 당연한 일이었다. 그때는 그저 수고했다는 한마디면 끝날 일이었다.

새삼 자신이 누군가에게 고맙다는 인사를 한 게 정말 오래전 일이라는 걸 뒤늦게 깨달았다.

그렇다 보니 처음으로 자신이 혈승이 아닌 인간 선우진으로 되돌아온 것 같은 착각이 들었다.

'신기하군.'

자신이 이런 생각을 다 하게 되는 날이 오다니.

괜한 감상이 젖는 것도 잠시, 곧 신수연이 고개를 돌리고 어딘가로 향하는 게 보였다.

그녀가 향하는 방향이 어딘지 확인하자마자 혈승의 낯빛이 살짝 굳어졌다.

"설마 다시 돌아가려는 것이냐?"

그의 물음에 멈춰 선 신수연이 고개만 뒤로 돌렸다.

"그런데?"

"괜한 헛수고다. 차라리 본승이 다 회복될 때까지 기다리도록 해라."

신수연의 실력을 무시하는 것은 아니나, 천마의 실력은 그야말로 예상 이상이었다.

설령 혈승 자신의 상태가 최상이었다고 한들, 최소 한두 수 정도는 밀렸을 터.

하물며 이환성까지 남아 있는 상황이었다.

그 둘이 동시에 공격해 온다면 제아무리 이신이라도 무사하기 힘들었다.

신수연이 합류한다고 해도 결과는 변하기 어려웠다.

혈승의 냉정한 말에 신수연은 새삼스럽다는 시선으로 그를 바라봤다.

"언제부터 그렇게 남을 걱정해 줬지?"

"그건……."

신수연의 직설에 혈승은 저도 모르게 말문이 턱 막혀 버렸다.

생각해 보면 틀린 지적은 아니었다.

혈승과 그들은 엄연히 말해서 적이었다.

비록 공공의 적을 두고 있다지만, 본질적으로는 서로 반목하는 사이였다.

그런 자를 저도 모르게 걱정했다는 사실이 기가 막힐 노릇이었다.

'왜지?'

스스로도 이해할 수 없는 행동.

혈승은 미처 깨닫지 못했지만, 그의 평생에 신수연처럼 이렇게 면전에다 대놓고 할 말 다 하는 여성은 거의 없었다.

아니, 거의 없는 게 아니라 아예 없었다.

그나마 제일 가까운 사이라고 할 수 있는 누이 신녀마저 그의 앞에선 말을 가릴 정도였으니 오죽할까. 도리어 신선하다는 생각마저 들 정도였다.

뭐라 설명할 수 없는 감정을 애써 부정하면서 혈승은 겨우 변명하듯 말했다.

"그, 그대는 따지고 보면 본승의 목숨을 구해준 은인이라고 할 수 있다. 그런 은인을 걱정하는 게 뭐 그리 이상한 일이지?"

"음, 그건 또 그렇긴 하네."

혈승의 변명 아닌 변명에 신수연은 별다른 말 없이 수긍하고 넘어갔다.

이에 힘입어 혈승의 말이 이어졌다.

"정 가고자 한다면, 최소한 아군이라도 부른 다음에 가도록 해라. 그게 가장 현명한 방……."

"누가 혼자 간대?"

"뭣?"

신수연이 불쑥 내뱉은 말에 순간 혈승의 눈이 커졌다.

혼자 가는 게 아니라면?

'설마?'

혈승의 시선에 신수연은 처음으로 미소를 머금으면서 말했다.

"미안하지만 그쪽이 생각하는 건 우리도 이미 다 생각해 놨던 거야. 게다가……."

그녀의 말이 중간에 끊어지는 순간, 그녀의 그림자에서 웬 인영 하나가 솟아올랐다.

보랏빛 경장 차림의 여인, 바로 시해마경이었다.

혈강시 무리와의 싸움에서도 모습을 드러내지 않았던 그녀가 신수연의 그림자 속에 있었다니.

혈승이 놀라운 눈으로 바라보는 가운데, 신수연이 마저 말을 끝맺었다.

"주군이 그랬지. 당하는 건 한 번으로 족하다고."

"당하는 건 한 번으로 족하다고 여겼는데……."

천마는 힘 빠진 음성으로 중얼거렸다.

그의 의복은 완전히 너덜너덜해져서 거의 다 뜯어진 천 가죽을 둘러 입은 꼴이었다. 온몸에 난 검상은 너무 흉물스러운 나머지 차마 눈뜨고 보기 어려울 지경이었다.

처음 이환성과 격돌할 때까지와는 완전히 다른 몰골.

반면 이환성은 다소 적잖은 외상을 입긴 했으나, 몰골 자체는 멀쩡했다.

누가 봐도 일방적인 승부가 진행되었음을 알 수 있는 광경이었다.

그는 녹슨 장검을 한 차례 휘돌리더니 그대로 검집 안에다 도로 수납하면서 말했다.

"승부는 그럭저럭 난 것 같구려."

"이유가 뭔가?"

천마의 물음에 이환성은 무슨 소리냐는 얼굴로 그를 바라봤다.

천마의 입꼬리가 비릿하게 올라갔다.

"시치미 떼지 마라. 네놈은 지금 정상적으로 본좌와 싸운 게 아니지 않느냐?"

"마교는 강자존의 세계라고 들었는데, 정작 그곳의 주인인 천마께선 작금의 결과를 인정하지 못하는 것이오?"

"크크크, 인정? 그래, 까짓것 해주지. 하나 다른 건 몰라도, 자기 자신의 힘이 아닌 한낱 신외지물의 힘에 의지한 자를 진정한 강자라고는 인정하기는 어렵군."

신외지물의 힘.

그렇다.

이환성은 자신의 본연의 실력이 아닌 다른 힘에 의지해서 천마와 싸웠다.

그렇기에 처음에는 비등했던 싸움이 점차 천마에게 불리하게 진행되기 시작했다.

하물며 엎친 데 덮친 격으로 이환성이 빌려오는 힘은 시간이 지나면 지날수록 더욱 강해졌다.

마치 힘 그 자체가 성장하는 듯한 느낌.

결국 그 힘은 천마를 무릎 꿇리고, 치욕스러운 패배마저 안겨줬다.

천마의 입장에선 억장이 무너지는 심경이었다.

순수한 힘과 힘의 격돌!

그것이 아닌 한낱 신외지물 따위에 의지한 상대에게 패하고 말다니.

거기다 더욱 수치스럽고, 참을 수 없는 것은 그렇다고 해서 이환성 본연의 실력이 천마에게 그리 뒤처지는 것도 아니라는 사실이었다.

오히려 비등한 수준이라고 할 수 있었다. 한데도 본연의 실력으로 맞서지 않다니.

적어도 혈승과의 싸움은 이렇지 않았다.

"이런 식으로 상대를 농락하다니. 그대에겐 무인으로서의 자존심도 없단 말인가?"

천마의 싸늘한 비난에 이환성은 눈 하나 깜짝하지 않고, 오히려 미소를 지으면서 말했다.

"무인으로서의 자존심이라. 그게 그리도 중요한가?"

"뭐?"

"착각하지 마시오. 우린 누가 더 강한지를 가리는 비무를 한 게 아니오. 어디까지나 서로가 서로의 것을 빼앗기 위한 투쟁을 한 것에 불과할 뿐이오. 거기에 무인의 자존심이니 뭐니 하는 게 끼어들 틈 따위 없소. 아니, 끼어들어서도 안 되지."

전쟁은 무슨 수를 써서라도 상대편을 쓰러뜨리고 이겨야 하는 게 맞는 거다.

천마와의 대결은 차후 배교가 부활하는 데 있어서 가장 걸림돌이 되는 존재를 말살하기 위한 전초전에 불과할 뿐이었다.

그렇기에 이환성은 주저 없이 사용했다.

그림자 교주로서 성화의 기운을 무한대로 가져다 쓸 수 있는, 고유의 권능을 말이다.

그것을 천마는 신외지물의 힘이라고 착각했는데, 본질적으로 보자면 크게 다르지는 않았다.

성화 자체가 남들이 보기엔 신외지물이긴 했으니까.

하나 이환성에게는 달랐다.

그에게 성화는 또 하나의 분신이요, 또 하나의 자신이었다.

그것의 힘을 빌린다는 게 뭐 그리 대수이랴.

그조차 자신의 힘인 것을.

애당초 그의 분신, 이신이 심검으로 여겼던 것도 사실상 성화의 기운으로 움직이고 있었다.

지난날 혈승의 혈천마안의 권능으로부터 그가 자유로울 수 있었던 이유가 그 때문이었다. 성화는 그 어떤 사공이나 마공보다 우위에 있는 기운이었으니까,

아무튼 굳이 천마의 오해를 바로잡아 줄 생각도, 그를 이해시켜야 한다는 필요성도 못 느꼈다.

패자는 그저 승자의 뜻에 승복하고, 결과를 겸허히 받아들이기만 하면 그만이었다.

해서 이환성은 넣었던 철검을 도로 뽑아 들었다. 그리고 그것을 휘두르려고 하는 찰나였다.

"꺄아아아악—!"

갑자기 장내를 울리는 째지는 비명성.

신녀였다.

이환성은 움직임을 멈춘 채 서둘러 비명성이 들린 방향으로 고개를 돌렸다.

그러자 누군가가 신녀의 목을 붙잡고 있는 게 보였다.

이환성은 경악 어린 표정으로 외쳤다.

"담천기, 네놈이 어떻게 여기에……?!"

그의 외침에 담천기는 무뚝뚝한 얼굴로 말했다.

"내 손으로 저지른 실수를 어떻게든 직접 만회하려고 왔지."

천마의 뒤를 쫓아온 그림자.

그게 바로 담천기였다.

내내 모습을 숨기고 있던 그는 이환성이 방심한 틈을 타서 신녀를 제압한 것이었다.

그것도 모자라서 결자해지를 언급하는 그의 모습에 이환성은 도저히 이해할 수 없다는 표정을 지었다.

누구보다도 담소연을 아끼고, 심지어 그녀의 복수를 위해서 제이차 정마대전까지 일으키려고 한 담천기였다.

한데 그런 그가 지금 이곳에 나타나서 이런 짓을 벌여야 할 이유는 뭐란 말인가?

"도대체 왜?"

이환성의 물음에 담천기의 입가에 처음으로 미소가 지어졌다.

"하나밖에 없는 친구가 그러더군. 책임을 질 줄 아는 게 진짜 어른이라고."

퍽―!

말을 마침과 동시에 담천기의 일장이 신녀를 강타했다.

그 충격에 신녀는 완전히 의식을 잃고 말았고, 그것이 의미하는 바는 하나뿐이었다.

　화르르르르륵—!

　이신의 주위를 감싸던 검은 불길이 일순 잠잠해지는가 싶더니 더욱 활활 타올랐다. 하나 이전과는 한 가지 다른 점이 있었다.

　순백의 불길!

　마치 먹물이 번지듯 검은 불꽃을 먹어치운 그 불길 속에서 주저앉아 있던 이신의 몸이 천천히 일어나기 시작했다.

　그리고 모두가 지켜보는 가운데, 마침내 이신이 눈을 떴다.

第九章
최종시련(最終試鍊)

장내는 일순 침묵에 휩싸였다.

누구 하나 먼저 입을 열지 못했다.

하나 시선은 모두 눈을 뜬 이신에게로 고정되어 있었다.

'세뇌가… 풀렸다!'

통한의 실수였다.

담소연에게 신녀의 곁을 지키라고 미리 명해놨어야 하는데!

그나마 불행 중 다행인 것은 비록 눈을 뜨긴 했으나, 아직 이신이 완전한 제정신이 아니라는 사실이었다.

이에 이환성은 비명인지 노성인지 알 수 없는 괴성을 내지르면서 이신을 향해서 미친 듯이 쇄도했다.

바로 그때, 그의 앞을 담천기가 막아섰다.

그는 조소인지 아닌지 헷갈리는 차가운 미소를 머금으면서 천마지존공을 펼쳤다.

하나 천마의 그것보다 못한 것을 두려워할 이환성이 아니었다.

퍼억—!

둔탁한 충격음과 함께 담천기의 몸이 날아가서 벽에 파묻혔다.

이에 다시 이신에게 쇄도하려는 찰나, 등 뒤의 대기가 미친 듯이 절규하기 시작했다.

황급히 돌아보자 공간을 찢어발기는 검은 기운이 파도처럼 밀려왔다.

천마지존수!

천마지존공과 짝을 이루는 천마백팔공이었다.

어디에 아직 이 정도의 힘이 남아 있었나 싶을 만큼 강렬한 일초 앞에 이환성은 일순 당황했지만, 이내 정신을 차리고 녹이 슨 철검을 세로로 크게 내리 그었다.

그러자 세상을 파괴할 것 같던 검은 파도는 단숨에 반으로 갈라졌다.

갈라진 틈새로 천마의 놀란 얼굴이 보였으나, 이환성은 무심한 얼굴로 다시금 일검을 내질렀다.

촤좌좌좌좌좍—!

순식간에 천마의 몸을 사정없이 내달리는 검영의 난무!

천마는 비명조차 지르지 못한 채 주저앉았다.

천마불사강기가 있긴 하나, 이환성과의 싸움으로 많은 내력을 소모한 탓에 생각보다 상처가 아무는 속도가 굼벵이처럼 느렸다.

주저앉은 그를 향해서 이환성이 냅다 발 차기를 날렸다.

퍽!

"크윽!"

정통으로 명치를 얻어맞은 천마는 신음성을 토했고, 그러거나 말거나 이환성의 발길질은 계속되었다.

마치 담천기에 의해서 이신의 세뇌가 도중에 풀려 버린 것에 대한 분노를 아버지인 천마에게 대신 풀기라도 하려는 듯 단단히 작정한 모습이었다.

그러다 천마가 완전히 축 늘어졌다 싶을 때쯤, 발길질을 멈추고 대신 검을 위로 치켜들었다.

거기서 그치지 않고, 남은 손으로 피투성이가 된 천마의 목을 붙잡았다. 행여 그가 움직여서 검이 빗나가는 일이 없도록 말이다.

냉랭한 시선으로 자신을 내려다보는 이환성의 모습을 바라보면서 천마의 입꼬리가 희미하게 올라갔다.

마치 '이제야 본색을 드러내는군. 그게 너라는 인간이구나'라고 말하는 듯한 표정.

동시에 이환성은 들어 올렸던 검을 무심히 내려찍었다.

푸욱—!

천마의 눈가에 실선 같은 게 생겨나더니 이윽고 살갗이 입을 빼금하고 벌렸다.

그 사이로 흘러나오는 핏물.

그것을 이환성은 이해할 수 없다는 표정으로 바라봤다.

'왜?'

분명 자신은 천마의 머리를 내려찍었다.

하나 그의 검은 그야말로 종이 한 장 차이로 천마의 머리를 비켜서 지면에 박혔다.

어찌 된 일인가 싶어서 가만히 철검의 검신을 바라보니 미세하게나마 움푹 파인 자국이 보였다. 분명 아까 전까지만 해도 없던 것이었다.

이에 이환성의 고개가 천천히 옆으로 향했다.

작은 동전.

순간 이환성은 확신했다.

언제 날아왔는지는 모르겠지만, 저것이 도중에 이환성의 검로를 강제로 비틀었다.

그의 검이 아슬아슬하게 빗나간 것도 그래서였다.

'이런 짓을 할 만한 것은……'

상황 파악을 마친 이환성의 고개가 천천히 뒤로 돌아갔고, 곧 그는 이글이글 타오르는 눈빛으로 중얼거렸다.

"…결국 끝까지 노부를 성가시게 하는구나."

그의 말에 동전을 날린 장본인, 이신은 대답 대신 저만치 바닥에 떨어져 있는 영호검을 향해서 손을 내밀었다.

그러자 영호검은 마치 기다렸다는 듯이 쏜살같이 날아와서 제 주인의 손에 안착했다.

이신은 영호검의 묵빛 검신은 한 차례 쓰다듬으면서 말했다.

"원래 당신도 이 검의 주인이었소."

"……?"

이환성이 고개를 갸웃거렸다.

확실히 그는 유가장의 전전대 영호검주였던 만큼 한때나마 영호검을 자신의 애검으로서 사용한 적이 있긴 했었다.

한데 대관절 그 이야기를 꺼내는 이유가 뭐란 말인가?

이에 이신이 쓸쓸한 표정을 지으면서 말했다.

"아마도 그때 그 시절이 당신이 느낀 최초이자 마지막 자유였을 것이오."

"……! 놈, 갑자기 무슨 헛소리를……!"

언뜻 들으면 별거 아닌 말에 이환성은 지나칠 정도로 격한 반응을 보였다.

그러다가 문득 깨달은 듯한 표정을 짓더니, 곧 경악을 금치 못했다.

"서, 설마 네놈, 노, 노부의 기억을……?!"

성화와 그림자 교주는 둘이자 하나인 존재.

그렇다 보니 서로 간에 공유하는 것은 생각 외로 많았다.

그중 하나가 바로 기억이었다.

그리고 이신의 의미심장한 발언들은 모두 그 기억을 엿보았기에 가능한 것이었다.

"어, 어떻게 이런 일이……!"

차마 믿을 수 없다는 이환성의 반응에 이신은 품속에서 무언가를 꺼내들었다.

청동으로 된 거울.

그걸 본 순간, 이환성의 눈이 커졌다.

"서, 성화령?!"

배교의 신물 중 하나이자 오로지 교주에게만 전해지는 기물.

사실상 이신이 성화의 지배로부터 조금이나마 저항할 수 있었던 것도, 제아무리 신녀가 도중에 기절했다고는 하지만 그렇게 빠른 속도로 성화의 지배로부터 해방될 수 있었던 것도 다 성화령이 가지고 있는 공능 덕분이었다.

성화령.

그것은 신녀나 그림자 교주와 별개로 성화를 최우선적으로 다스릴 수 있는 공능을 주었다. 그리고 그 권능은 오로지 배화구륜공에만 반응하도록 되어 있었다.

애당초 무엇 때문에 오로지 교주에게만 성화령이 전해졌겠는가?

바로 그러한 공능이 성화령 안에 숨겨져 있었기 때문이다.

덕분에 이신은 성화 내부에 녹아 있는 이환성의 기억도 엿볼 수 있었다.

그리고 단순히 배교를 부활시키겠다는 명분 이외에 이환성이 정확하게 무엇 때문에 그림자 교주라는 의무에서 벗어나서 새로운 배교의 교주가 되려고 하는지도 이제는 좀 알 것 같았다.

그는 사뭇 안타깝다는 시선으로 이환성을 바라보며 말했다.

"그림자 교주로서의 책임감, 그리고 사명. 당신은 거기에서부터 해방되고 싶었던 거요."

"헛소리! 그 입 닥치지 못할까!"

이환성은 거세게 이신의 말을 부정하였지만, 그럴수록 그를 바라보는 이신의 눈에는 더욱 안타까움이 더해졌다.

"처음엔 그저 위장이고, 거짓된 삶이었겠지. 하나 유가장에서 영호검주로서 살아가는 동안, 당신은 저도 모르게 진정으로 자유란 것을 느꼈소. 어쩌면 당신이 그러고자 했으면 평생 배교를 잊고 살 수 있었을 것이오. 그 일만 아니었다면……."

"네, 네놈이 진정 노부를 능멸하려는 것이냐!"

이환성은 몸을 파르르 떨어댔다.

분노가 극에 달한 것이기도 하지만, 새삼 뇌리에 떠오른 것이다.

이환성이 사실은 신녀의 후예인 유세화의 모친을 감시하는 흑월의 세작이라는 게 발각되었던 바로 그날의 일이.

전전대 가주를 자신의 손으로 죽이고 쫓기듯이 사라졌던 그때의 일만 아니었어도 이환성은 계속 영호검주로서 지내왔을 터였다.

이환성은 그것이 어쩔 수 없는 일, 혹은 원래 자신의 제자리로 돌아가는 것이었다는 식으로 애써 합리화했지만, 내내 한으로 남았다.

만에 하나 정체만 들키지 않았어도, 그랬다면 비록 거짓된 삶이지만 진정으로 자신이 원하던 인생을 살아갈 수 있었을 거라고!

그러한 열망 때문에 그의 심검이 누구보다 빠른 검도, 그렇다고 해서 그 어떤 것도 벨 수 있는 검도 아닌, 그저 또 하나의 자신으로 형상화되었다.

어찌 보면 참으로 불행한 삶이었다.

단 한 번도 제대로 제 의지로 선택하여 살아본 적이 없다니 말이다.

하나.

"물론 그렇다고 해서 당신이 저지른 모든 일이 다 용서되는 것은 아니오."

나름의 이유가 있었다고 한들, 그가 한 짓은 절대로 용서받을 수 없는 일이었다.

뭣보다 유세화 등을 비롯한 여러 사람들의 희생을 전제로 자신의 목적을 이루려고 하는 것은 잘못되어도 한참 잘못된 일이었다.

그야말로 늙은이 한 명의 잘못된 고집에 애꿎은 사람들만 휘말린 꼴이 아닌가?

이신은 영호검을 고쳐 잡으면서 마저 말했다.

"이만 끝냅시다, 의조부."

"……!"

이신의 말에 이환성은 순간 붉으락푸르락하기를 반복했다.

자신의 속내를 훤히 들여다보고, 그러했음에도 자신이 잘못했다고 말해주는 이는 난생처음이었다.

때문에 차마 곧바로 뭐라고 반응하기 어려웠지만, 얼마 안 있어서 이환성은 가까스로 평정심을 되찾았다.

"할 말은… 그게 다더냐?"

대답 대신 영호검의 묵빛 검신 위로 새하얀 불길이 치솟아 올랐다.

하나 전에 비하면 미약하기 짝이 없는 광채를 보고 이환성의 눈빛이 빛났다.

'아직 다 완전히 회복하진 못했군.'

방금 전까지 성화의 기운이 내부를 마구 들쑤시고 난 다음이었다.

당연히 제 실력을 온전히 다 사용하기 힘들 터.

'아깝긴 하지만……'

자신의 치부란 치부를 모두 다 알게 된 이신을 이대로 놔

둘 수는 없었다.

아니, 아예 이 세상에서 완전히 없애 버려야 속이 다 후련할 것이다.

자신의 뒤를 이을 그림자 교주?

물론 이신이라는 인재가 아깝긴 했다.

하나 그에게는 흑월이라는 조직과 그에 소속된 많은 인재가 있었다.

까짓것 개중에서 싹이 좀 보인다 싶은 놈을 거둬들여서 새로 다시 키우면 그만이었다.

이신만큼은 안 되겠지만, 그 대용품 정도는 될 터.

그런 극단적인 생각을 하면서 이환성은 성화로부터 기운을 끌어오기 시작했다.

하나.

"으음?!"

방금 전까지만 내부에서 용솟음치던 성화의 기운이 감쪽같이 사라져 버렸다. 마치 연이은 가뭄에 완전히 바닥이 다 드러날 만큼 말라 버린 강처럼.

이환성의 얼굴에 처음으로 난색이 떠올랐다.

그 사이, 이신은 심장 어림에 자리한 배화륜에 의념을 집중했다.

끼리— 끼— 끼리리—

평소와 달리 매끄럽지 않고, 계속 헛도는 것 같은 소리가 울려댔다.

이환성의 예상처럼 그의 상태는 멀쩡하지 않았다.

방금 전 성화의 기운이 폭주할 때, 내부의 기혈도 기혈이지만 하필이면 배화륜에 적잖은 손상이 가고 말았다.

회전음이 매끄럽지 않고, 자꾸 자기들끼리 헛도는 것도 그 때문이었다.

하지만 이신은 포기하지 않았다.

포기하기는커녕 간절히 바라고, 또 소망했다.

그러자 그의 의지에 응답하듯 성화령이 나지막한 공명음을 흘려대기 시작했고, 이윽고 성화령을 통해서 전해지는 용암처럼 뜨겁고 강렬한 기운이 전해졌다.

'성화의 기운?'

미처 반응할 새도 없이 성화의 기운은 눈 깜짝할 새에 이신의 내부를 치달리기 시작했다.

그러자 그 짧은 순간 만에 손상되었던 기혈이 전부 다 아물었고, 심지어 울렁거리던 내부도 한결 진정되었다.

아까 전과는 완전히 다른 양상.

이신은 어안이 벙벙할 지경이었다.

'도대체 무슨 일이?'

바로 그때였다.

이신의 내부를 순환하던 성화의 기운이 심장 어림에 자리하던 배화륜으로 향한 것은.

배화륜은 너무나 당연하다는 듯이 자연스럽게 성화의 기운을 흡수하였고, 그 와중에 이신의 뇌리로 전혀 생각지도 못한 음성이 들려왔다.

[진정한 시련은 지금부터다, 성화의 수호자여.]

그 음성이 들린 순간, 이신은 굳이 설명하지 않아도 저절로 뇌리에 떠오르는 것을 느꼈다.

왜 꿈속에서만 들려왔던 음성이 지금 들려오는 것인지.

앞으로 자신이 무엇을 해야 하는지를.

그리고 성화의 의지가 무엇 때문에 진정한 시련은 지금부터라고 했는지도.

그 모든 것을 자연스레 인지하고 있는 동안, 이신의 변화를 뒤늦게 눈치챈 이환성이 소리쳤다.

"놈, 무슨 짓을 한 거냐!"

"……."

이환성의 닦달에도 이신은 아무 말도 하지 않았다.

굳이 그의 물음에 곧이곧대로 대답해 줘야 할 의무도 없었고, 뭣보다 지금 이환성은 상황이 뭐가 어찌 돌아가고 있는 것인지 잘 모르는 눈치였다.

그렇다면 그걸 적극적으로 이용한다.

이신의 입꼬리가 살짝 올라갔다.

"아무래도 시련은 내가 아니라, 당신한테 찾아온 모양이구려."

"크윽, 이놈……!"

이신의 도발에 이환성은 이를 악물었다. 하나 섣불리 이신에게 달려들지는 못했다.

어찌 된 일인지는 모르겠으나, 일단 성화의 기운은 자신이 아닌 이신에게로 향한 것만은 사실이었다.

그렇다면 자신의 힘만으로 이신을 쓰러뜨린다는 건 어려운 일.

뭔가 다른 방도를 세워야 했다.

'하나 있긴 하지.'

이환성의 눈빛이 순간적으로 음험하게 번뜩였다.

이에 이신은 뭔가 그에게 꿍꿍이가 있다는 걸 깨달았고, 곧 등 뒤를 덮쳐오는 기척을 향해서 검을 휘둘렀다.

캉!

쇳소리와 함께 물러나는 인영.

그 정체는 다름 아닌 담소연이었다.

이신은 곁눈질로 이환성을 흘기듯 바라봤다.

"끝까지 이럴 것이요?"

나지막하지만 살기가 가득 어린 그의 말에 이환성은 눈 하나 깜짝하지 않았다.

"흥! 너야말로 당장 원래대로 돌려놔라. 만약 그렇지 않으면 네 손으로 직접 친구의 여동생을 없애게 되는 불상사가 일어날 거다."

"…분명 그릇인지 뭔지로 사용한다고 하지 않았소?"

"그랬지. 하지만 그것도 노부가 멀쩡하고 난 다음의 이야기다. 거기다 도구를 이럴 때 사용하지 않으면 언제 사용한다는 말이냐? 자고로 도구는 어디까지나 도구에 불과한 법이다."

"후우… 당신이란 사람의 밑바닥은 고작 이 정도였소?"

아무리 혈강시라지만, 자기보다 곱절은 더 어린 소녀를 앞세워서 협박하다니.

절로 한숨이 튀어나왔다.

이제는 분노보다도 실망감이 더 앞섰다.

하나 이신의 비난에도 그는 오히려 적반하장으로 큰소리를 쳐댔다.

"이런 상황을 만든 게 누군데! 애초에 몰아붙인 건 너다! 네놈이 노부를 이 지경까지 몰아붙인 거야!"

이신이 순순히 자신의 뜻을 따라서 흑월로 따라오기만 했어도, 괜히 성화령 따위의 힘을 빌려서 세뇌에서 벗어나려고 하지 않았어도 상황은 이 정도까지 급박하게 흘러가지 않았을 것이다.

하물며 이신은 자신에게 있어서 거의 유일한 버팀목이라 할 수 있는 성화의 힘마저 앗아갔다.

그러한 논리로 이환성은 자신의 추잡함을 정당화하였다.

이신의 말마따나 그것이 자신의 밑바닥이라는 것을 새삼 인지하지도 못한 채.

바로 그때였다.

"사, 상관없다!"

"……!"

갑자기 들려온 음성.

이신과 이환성의 고개가 동시에 목소리가 들려온 방향으로 향했다.

그러자 내내 동굴 벽에서 막 낑낑거리면서 기어 나오는 담천기의 모습이 보였다.

이환성의 일수에 갈비뼈가 몇 대 나간 탓에 숨쉬기는 어려웠으나, 그는 꾹 참고 말을 이어나갔다.

"어, 어차피 이미 연이는 원래대로 돌아갈 수 없는 상태다. 차라리, 차라리 지금 이대로 놔둘 바에는 이신 네 손으로……!"

"이놈, 쓸데없는 소리를!"

이환성은 다 된 밥에 재 뿌리는 담천기의 말을 마냥 듣고만 있을 수 없었다.

파팟—!

지면을 박참과 동시에 순식간에 공간을 격하고 담천기 앞으로 쇄도하는 이환성!

그 뒤를 이신이 서둘러 뒤따랐으나, 그 와중에도 담소연이 끈덕지게 따라붙는 바람에 본의 아니게 한발 늦고 말았다.

그리고.

푸욱—!

이환성의 철검이 담천기의 가슴팍을 꿰뚫는 광경을 목격

했다.

"천기이이―!!!"

이신의 절규에 담천기는 고개를 움직였다.

무방비 상태에서 일검에 심장이 꿰뚫리는 바람에 한층 흐릿해진 눈망울이 이신 쪽으로 향했다.

이내 뭔가 말하려는 듯 입술을 달싹였으나, 목구멍을 타고 올라오는 핏물 때문에 그러질 못했다.

결국 그는 소리 없이 입 모양으로 한 글자, 한 글자를 또박또박 내뱉었다.

'부, 탁, 한, 다.'

그리고 한 줄기의 희미한 미소와 함께 그는 앞으로 쓰러졌다.

눈앞에서 끝내 두 번 다시 돌아올 수 없는 강을 건너고 만 친구의 마지막 모습.

그 순간, 이신의 내부에서 뭔가가 뚝― 하고 끊어졌다.

시련이고 뭐고 다 머릿속에서 지워졌다.

그저 울음인지 외침인지 모를 괴성을 토해내면서 지면을 박찼다.

콰앙―!

지면이 일순 통째로 뒤흔들리는 진각과 함께 마치 한 줄기 화살처럼 쏘아지는 이신의 신형!

어찌나 빠른지 담소연도 미처 따라잡지 못했다.

당연히 이환성의 반응도 느릴 수밖에 없었고, 그가 눈치챘을 때는 이미 백열로 물든 이신의 좌수가 그의 코앞까지 날아들고 있었다.

퍼억—!

"크윽!"

이환성은 터져 나오려는 신음성을 억지로 내리눌렀다. 급히 호신강기를 펼쳤음에도 묵직한 충격이 아직까지 왼쪽 볼에 그대로 남아 있었다.

하나 타격도 타격이지만, 중요한 건 그의 내부로 파고든 내력이었다.

팔열지옥의 수라가 휘두르는 손짓이라는 이름답게 팔열수라수의 기운은 이환성의 내부를 쉼 없이 불태워 댔다.

하지만 이환성 역시 오랫동안 성화의 기운을 다뤄오면서 열양지기에 대해서는 어느 정도 내성이 생긴 상태.

전력으로 내력을 운기하자 생각보다 쉬이 팔열수라수의 기운을 외부로 몰아낼 수 있었다.

물론 그 직전에 이신의 제이격이 그의 왼쪽 어깨를 강타했다.

퍼억—!

어깨뼈가 으스러지는 듯한 고통과 내부를 인두로 지져대는 듯한 통증이 한꺼번에 밀려왔다.

애써 고통을 참아내면서 이번에도 가까스로 팔열수라수의 기운을 몰아내는데, 이신의 제삼격이 쉬지도 않고 또다시 날아왔다.

"자, 작작, 좀, 해라—!"

더는 참을 수 없다는 듯 이환성이 버럭 소리치면서 이신의 공격을 피했다.

아니, 피했다고 여길 때였다.

퍽—!

제삼격의 뒤에 보란 듯이 숨어 있던 제사격이 이번에는 이환성의 오른쪽 어깨를 강타했다.

충격에 저도 모르게 뒷걸음을 치는 순간, 미처 정신 차릴 새도 없이 이신의 공격이 쉼 없이 이어졌다.

"크윽—!"

계속되는 고통과 원초적인 폭력 앞에 이환성은 끝내 비명을 터뜨리고 말았다.

호신강기는 진즉에 파괴된 지 오래였다.

내부는 부글부글 끓어서 마치 뜨거운 냄비 안에서 통째로 익혀지는 듯한 기분이었다.

그러다 그의 등이 차가운 벽에 닿음과 동시에 문득 정신을 차리면서 깨달았다.

조금 전까지만 해도 이신에게 끈덕지게 달라붙었던 담소연, 그녀의 모습이 보이지 않는다는 것을.

'이, 이 계집이 도대체 어디에서 뭘 하고 있는 거야!'

서둘러 사방을 둘러보자 한쪽에 멍하니 서 있는 담소연의 모습이 보였다.

마침 그녀는 이신의 등 뒤에 서 있었다.

이에 얼른 이신을 공격하라고 그녀에게 의념을 보냈으나, 어찌 된 일인지 정작 그녀는 꿈쩍도 하지 않았다.

그저 못 박힌 듯 선 채로 죽은 자신의 오라버니, 담천기의 모습만 뚫어지게 바라보기만 할 뿐이었다.

그러다 그녀의 커다란 눈망울에서 뭔가가 뚝뚝 떨어지기 시작했다.

'눈물?'

사람도 아닌 혈강시가 눈물을?

사실상 감정이나 기억이 모두 소실된 상태에서 어떻게?

충격과 의문도 잠시, 내내 공격을 이어나가던 이신의 움직임이 문득 멈추는 것을 느꼈다.

물론 멈추고 싶어서 멈춘 게 아니었다.

쉬지 않고 계속 공격을 퍼붓다가 제풀에 지쳐서 잠시 멈춘 것에 불과했다.

거기다 숫제 맨손으로 호신강기째로 두들겨 팼으니 그의 손이 남아날 턱이 없었다.

하나 그는 망가진 제 두 손을 돌보기는커녕 거칠게 호흡을 내쉬면서, 두 눈으로는 매섭게 이환성을 노려봤다.

순간 이환성의 등골이 오싹해졌다.

'무, 무슨 놈의 눈이……!'

그간 어지간한 산전수전을 다 겪었지만, 저렇게 맹목적인 살의를 머금은 두 눈은 난생처음이었다.

마치 맹수 앞에 맨몸으로 던져진 듯한 공포가 그를 엄습했다.

이환성은 저도 모르게 질린 표정으로 뇌까렸다.

"미, 미친… 놈!"

정상인의 범주를 넘어선 광기.

그 비슷한 것이 지금의 이신에게서 느껴졌다.

'방법을 찾아야 한다. 저 미친놈에게서 벗어날 방법을… 아!'

필사적으로 사방을 두리번거리던 이환성의 눈에 순간 이채
가 떠올랐다.

정신없이 물러서느라고 미처 깨닫지 못했으나, 지금 두 사
람이 서 있는 곳은 공교롭게도 성화로 근처였다.

그리고 성화로 주변에는 이신의 정인, 유세화가 있었다.

'그래, 밀져야 본전이다.'

이환성은 만신창이가 된 몸을 억지로 움직였다.

두 손으로 철검을 움켜쥐는 이환성.

그 순간, 그의 주변의 공기가 달라졌다.

재차 공격을 이어가려던 이신도 순간 멈칫하면서 저도 모
르게 뒤로 물러났다.

이환성이 취하는 자세를 바라보면서 그는 말했다.

"무극(無極)."

심형살검식의 후반부 초식 중 마지막이자 절초.

이름 그대로 모든 것을 아무것도 없는 무극으로 되돌리는

죽음의 검!

그 무서운 초식이 막 펼쳐지려고 하고 있었다.

이에 이신 또한 영호검을 뽑아들고, 이환성과 똑같은 자세를 취하기 시작했다.

그 모습을 본 이환성의 입꼬리가 남몰래 살짝 올라갔다.

'어리석은 놈.'

제아무리 이신이 이환성이 건네준 후반부 초식을 완전히 체득했다고 하지만, 유일하게 마지막 초식인 무극만은 그리 간단히 손에 넣을 수 있는 게 아니었다.

차라리 그가 독자적으로 완성한 심형살검식으로 맞서면 모를까. 똑같은 무극으로 부딪친다면 당연히 이환성이 더 유리할 수밖에 없었다.

검법에 대한 깨달음의 깊이 면에서는 도저히 이신이 그를 따라올 수가 없을 만큼의 격차가 있었으니까.

파팟—

가만히 노려보던 것도 잠시, 이환성의 발이 지면을 박찼다.

한 박자 늦게 이신 또한 움직였다.

그렇게 두 사람이 충돌하나 싶을 때였다.

팟—!

이환성이 도중에 방향을 꺾었다. 바로 유세화를 향해서였다.

그걸 본 이신의 눈이 부릅떠졌고, 뒤늦게 방향을 틀어서 달려오는 그를 바라보면서 이환성의 입꼬리가 살짝 올라갔다.

자신은 미리 준비했으나, 이신은 급작스럽게 상황에 대응하는 입장이었다.

거기다 초식에 대한 깨달음도 이환성이 훨씬 더 앞서는 상황.

'노부의 승리다.'

그리 확신하면서 이환성은 검을 휘둘렀고, 곧 이신의 영호검과 부딪쳤다.

콰과광—!

그러자 도저히 검과 검의 충돌이라고 보기 힘든 굉음이 동굴 전체에 울려 퍼졌다가 곧 언제 그랬냐는 듯이 잦아들었다.

충돌의 한복판.

열사의 사막처럼 아지랑이가 피어오르는 가운데, 이환성과 이신은 서로 검을 마주 댄 채로 묵묵히 서 있었다.

마치 시간이 멈춘 듯한 고요함.

모든 것을 무극으로 돌리는 죽음의 검이라는 이름이 무색할 만치 두 사람의 충돌은 어째 시시하기 짝이 없었다.

하나 그것은 어디까지나 곧 일어날 경천동지한 현상의 전조에 불과할 뿐이었다.

스스스스스—

모래 가루가 떨어지는 소리와 함께 변화가 시작되었다.

동굴 위의 종유석도, 울퉁불퉁한 바닥도, 천장 위를 날아다니던 박쥐들까지 모조리 다 사라졌다.

두 사람의 주변에 있던 모든 것이 말 그대로 소멸한 것이다.

그 와중에 이환성의 철검 역시 한 줌의 쇳가루조차 남기지 못한 채 사라졌다.

신병이기인 이신의 영호검과 달리 그것은 정말로 싸구려 철검이었기 때문이다.

그렇게 두 사람이 서 있는 대지를 중심으로 약 일 장 반경의 구덩이가 생기고 나서야 소멸의 시간은 가까스로 막을 내렸다.

그리고.

털썩!

이환성은 바닥에 힘없이 주저앉았다.

"…이미 무극을, 완성한 상태였단 말이냐?"

어딘지 모르게 허탈한 듯한 그의 말에 이신은 조용히 고개를 끄덕였다.

"어떻게……?"

이환성은 도무지 이해할 수 없었다.

무극의 초식은 절대로 무공만 뛰어나거나, 비급만 본다고 해서 펼칠 수 있는 그런 만만한 초식이 아니었다.

그걸 어떻게 이신이 이리도 완벽하게 펼칠 수 있단 말인가?

도저히 영문을 모르겠다는 그의 반응에 이신은 딱 한마디만 했다.

"아버지께서 가르쳐 주셨으니까."

"……?!"

이신의 아버지, 이환성이 버린 그의 아들.

전대 영호검주 이극렬.

그가 가르쳤다?

겨우 일류에 못 미치던 그 모자란 녀석이?

이환성이 좀체 납득하지 못하는 표정이었으나, 이신은 굳이 더 말하지 않았다.

언젠가 젊을 적의 이환성이 펼쳤던 무극의 초식을 어린 이극렬이 몰래 훔쳐봤었고, 그 광경을 평생토록 잊지 못하는 것도 모자라서 양아들 이신에게 틈만 날 때마다 설명했었다는 것을.

그렇기에 이신은 직접 눈으로 보지 않았음에도 무극의 초식이 무엇인지 간접적으로나마 뇌에 각인시켜 뒀고, 덕분에 구체적인 초식의 구결과 형을 마주했을 때 별다른 어려움 없이 무극의 초식을 깨우칠 수 있었다.

애꿎게도 아버지에 대한 아들 이극렬의 그리움과 동경이 도리어 오늘날 이환성의 발목을 붙잡은 셈이었다.

하나 굳이 그에 대한 설명을 하지 않고, 이신은 성화로를 향해서 발걸음을 옮겼다.

저벅저벅—

몇 걸음 안 걸어서 성화로 앞에 도착한 이신.

그 옆의 유세화는 다행히도 좀 전의 격돌에도 아무런 피해도 입지 않았으나, 여전히 텅 빈 눈으로 멍하니 서 있을 따름이었다.

그 모습을 묵묵히 바라보던 이신의 시선이 곧 성화로 쪽으로 옮겨갔다.

그러자 그의 시선이 닿기 무섭게 아무것도 없던 성화로 안에서 검은 불꽃이 활활 타오르기 시작했다.

오염된 성화.

그 사기는 직접 불길에 닿지 않는 이신의 속마저 메슥거리게 할 정도로 지독하기 짝이 없었다.

하나 이신을 물러서는 대신 천천히 그 검은 불꽃을 향해서 손을 내뻗었다.

그때였다.

"소용없다."

순간, 이환성의 음성이 그를 불러 세웠다.

고개를 돌리자 이환성은 가까스로 몸을 일으키면서 말했다.

"제아무리 너라고 해도 성화는 절대로 파괴할 수 없다. 그건 노부가 보증하마."

모든 불행의 근원이 성화라는 건 이환성도 인정하는 사실이었다.

하나 그의 말마따나 저절로 불씨가 꺼지기 전까지 성화는 결코 사라지지 않는다. 이미 그 자체가 생명력을 지닌 영물이나 마찬가지기 때문이다.

이신이 멈칫하자 그 반응에 힘입어 이환성이 다시금 말했다.

"차라리 네 정인의 힘이나 신녀를 제물로 삼아서 성화를 정화해라. 그리고 그 힘을 이용해서 이 무림을 네 것으로 만들어라."

이환성은 필사적으로 이신을 설득했다.

현실적으로도 딱히 방법이 없는 데다 사실상 이신은 자신을 제치고 성화의 새로운 주인이 되었다.

그렇다면 굳이 손에 넣은 힘을 포기할 이유가 뭐란 말인가?

지극히 이환성다운 생각이었고, 힘을 갈구하는 무인이라면 한번쯤 해볼 법도 한 생각이었다.

그러나 이어지는 이신의 행동은 그의 예상을 완전히 빗나갔다.

화르르륵—!

거침없이 불길 속으로 손을 집어넣는 이신!

옮겨붙은 검은 불꽃은 아랑곳하지 않고 이신은 심장 어림의 배화륜에 의념을 집중했다.

끼릭— 끼리리릭— 끼리릭—!!

톱니바퀴 돌아가는 소음과 함께 여덟 개의 배화륜이 미친 듯이 회전하기 시작했다.

아니, 여덟 개가 아니었다.

기이이이이이이잉—!

여덟 개의 배화륜은 서로 포개어지더니 하나의 거대한 광륜으로 화했다.

배화구륜공.

배교와 염마종 전체를 통틀어서 개파시조를 제외하고는 아무도 도달한 적 없다는 그 마지막 단계, 구륜(九輪)의 경지에 이신이 최초로 도달하는 실로 역사적인 순간이었다.

그리고 최종 단계에 이른 배화륜이 보인 변화는 그뿐만이 아니었다.

기이이이이이잉—!

청명한 회전음과 함께 무서운 인력을 발하는 배화륜.

그 안으로 오염된 성화가 통째로 흡수되기 시작하였고, 하나로 합쳐졌던 배화륜은 다시금 분열되었다.

일륜에서 이륜, 이륜에서 사륜, 사륜에서 팔륜까지.

그러다가 오염된 성화가 완전히 다 이신의 내부로 흡수되었다 싶은 순간, 마치 순서를 되짚어가듯 배화륜은 다시금 하나로 합쳐졌다.

물론 이전과 같은 륜의 형태가 아니었다.

어느덧 주먹만 한 크기의 빛의 구슬이 이신의 심장 어림에 자리하였다.

모든 일련의 과정을 남김없이 지켜본 이환성의 입이 쩍 벌어졌다.

"도, 도대체, 무, 무, 무슨 짓을……!!"

"봉인했소."

"뭐?"

"이것이 그동안 당신네들이 몰랐던 배교의 호교절학, 배화구륜공이 존재하는 진짜 이유요."

물론 이신도 처음부터 알고 있던 것은 아니었다.

그저 배교의 시작과 끝을 함께한 존재, 성화가 자연스레 자신이 알고 있는 사실을 알려준 것에 불과했다.

물론 알려준 데에는 다 그만한 이유가 있었지만 말이다.

"네놈… 지금 자신이 무슨 짓을 한 것인지 알고는 있는 것이냐?"

"물론이요."

"정녕 알고 있냐고 물었다!!"

"물론이요."

연이은 이신의 대답에 앞서 호통치던 것이 무색해진 것도 잠시, 곧 이환성은 '허허' 하고 너털웃음을 터뜨렸다.

그러다가 곧 굳은 표정으로 이신을 바라봤다.

"그 봉인의 대가가 네가 지금까지 이뤄온 무공, 그 전부라고 하더라도?"

봉인의 대가.

알다시피 성화는 배화륜에 의해서 봉인되었다.

그 말은 즉, 더 이상 이신은 배화륜에 의한 내공의 배가를 사용할 수 없다는 뜻이었다.

즉, 앞서 성화의 의지가 말한 진정한 시련이란 이신 자신의 무공조차 희생하면서까지 성화를 완전히 봉인할 수 있겠냐는 최후의 시험이자 관문이었다.

그 사실을 안다면 절대로 이런 짓을 할 수는 없었다!

하나 이환성의 예상과 달리 이번에도 이신은 막힘없이 답했다.

"물론이요."

이에 이환성은 순식간에 십 년 이상은 팍 늙은 얼굴로 말했다.

"알고도… 행했다고?"

"그렇소."

물론 이신도 내심 고민하고 망설였다.

어찌 무인으로서 망설이지 않을 수 있으랴.

하나 앞서 목도한 담천기의 죽음, 자신의 의지와 상관없이 혈강시로 제련된 담소연.

그리고 세뇌당한 유세화를 보고나서 마음을 완전히 굳혔다.

성화는 이 세상에 존재해선 안 된다고.

차라리 이참에 완전히 자신의 손으로 봉인해야 한다고.

처음부터 그러기 위해서 배화구륜공은 존재하는 것이었고, 이신은 그것을 적절하게 활용한 것에 불과했다.

설령 그로 인해서 지금까지 그가 쌓아올린 모든 것을 한꺼번에 잃게 되더라도 말이다.

'그게 옳은 일이니까.'

속으로 그리 중얼거리면서 이신은 때마침 줄이 끊어진 인형처럼 쓰러지려는 유세화의 몸을 붙잡았다.

잠시 후, 희미한 신음 소리와 함께 그녀가 정신을 차렸다.

"으음, 여, 여긴……."

"무사해서 다행이야, 화매."

"가, 가가? 어째서 가가가, 그보다도 지금 도대체 무슨 일이 있었던 거죠? 전 분명 신녀라는 여자와 함께 성화를 정화하고 있었는데? 거기다 저 노인분은 도대체 누구……."

"그 이야기는 나중에. 자세한 대화는 일단 이곳에서 무사히 빠져나가고 난 다음에 하자고."

"아, 네……."

이신이 이번 일에 대해서 얼렁뚱땅 넘어가려고 한다는 사실을 눈치챘으나, 유세화는 굳이 그에 대한 티를 내지 않았다.

이신이 말하지 않으려고 하는 데에는 다 그만한 이유가 있겠거니 하면서.

바로 그때, 가만히 있던 이환성이 불쑥 말했다.

"못 나간다."

"……? 갑자기 무슨 소리요?"

"말 그대로다. 너희들은 이곳에서 빠져나갈 수 없다."

그의 단언에 이신은 미간을 찌푸렸다.

비록 배화륜이 봉인되었다고는 하나, 본연의 내력까지 아예 사용하지 못하는 건 아니었다.

더욱이 이환성은 무극을 펼치면서 자신의 내력을 모조리 소진한 상황.

그 상태에서 어찌 이신과 유세화의 앞을 막는단 말인가?

그런 의문에 답하듯 이환성은 품에서 웬 상아조각으로 만들어진 호각(號角)을 꺼내들었다.

"그건?"

"이 호각은 크게 소리를 내지는 못하지만, 대신 특수한 음파를 멀리까지 퍼뜨릴 수 있다. 그 범위는 반경 오십 장. 그리고 노부는 이곳에 오기 전에 십 장 반경에다 부하들을 대기시켜 놨다. 특별히 이 음파를 들을 수 있도록 훈련시킨 놈들이지."

즉, 이환성이 호각을 부는 순간, 그의 부하들이 이곳 성지로 들이닥칠 거라는 소리였다.

이환성은 호각을 아랫입술에다 갖다 댄 채 말했다.

"봉인을 풀어라. 그럼 두말 않고 그냥 보내주마."

"…그렇게 떨어졌는 데도, 아직까지 더 떨어질 바닥이 남아 있었다니. 정말 당신은 보면 볼수록 놀라운 사람이구려. 어디 마음대로 해보시오. 누가 눈 하나 깜짝하는가."

이신의 비아냥거림에 이환성은 차가운 미소를 지으면서 뇌까렸다.

"결국에는 상주를 마다하고 벌주를 택하는구나."

이윽고 그는 호각을 힘껏 불어댔다.

정말로 아무런 소리도 나지 않았으나, 대신 이신은 미세하게나마 대기가 떨리는 것을 느꼈다. 음파가 제대로 퍼져 나가고 있다는 증거였다.

그리고 얼마 후.

정말로 수십의 기척이 점점 그들이 있는 동굴 쪽으로 다가오는 게 느껴졌다.

이환성은 대번에 의기양양한 얼굴로 말했다.

"이제는 빌어도 소용없다."

"가가……!"

이환성의 자신만만한 태도와 이신의 무모한 도발에 유세화는 절로 불안한 표정을 지었다.

하나 이신은 떨리는 그녀의 손을 붙잡으면서 그녀를 안심시켰다.

그리고 마침내 인영 하나가 동굴 안으로 들어섰다.

가장 먼저 동굴 안에 들어서는 인영을 보자마자 이환성은 소리쳤다.

"어, 어째서! 어째서 네놈이, 네놈이 여기에……!"

그의 외침에 청수한 인상의 장년인, 유가장주 유정검이 씁쓸한 표정을 지으면서 말했다.

"오랜만이오, 검주. 아니, 숙부."

"아버지!"

오랜만에 보는 아버지 유정검의 모습에 유세화는 한걸음에 그를 향해서 달려갔다.

달려드는 그녀를 손쉽게 받아드는 유정검.

이전 망혼초에 중독되어서 나날이 쇠약해져 가던 때와 달리 그는 이미 전성기 때의 강건한 육신을 되찾은 상태였다.

그야말로 환골탈태가 따로 없을 지경.

이에 유세화는 감격의 눈물을 머금었고, 유정검도 이전과 달리 장성한 딸을 가볍게 받아들었다는 사실 앞에 진심으로 기뻐했다.

그렇게 두 부녀가 감동의 해후를 나누고 있을 때, 잇달아 들어서는 인물들도 눈에 익은 자들이었다.

"형님!"

"주군!"

"대주님!"

단무린과 소유붕, 그리고 이번에 새로이 창설된 추월대의 정예 대원들이었다.

개중 단무린은 대표로 이신을 향해서 예를 표하면서 말했다.

"대주님의 명을 받잡아 본인을 포함한 추월대 정예 이백 명 전원 다 이곳 동정호에 집결했습니다."

"수고했다, 무린."

"아닙니다. 형님께서 무사하시다면 그걸로 족합니다."

이신의 치하에 단무린은 별일 아니라는 듯 고개를 내저었고, 소유붕이 피식 웃으면서 그의 옆구리를 툭 쳤다.

"내내 걱정되어서 진땀 뺀 주제에 큰소리는."

"누, 누가!"

그렇게 모두가 해후를 나누고 있었지만, 정작 이환성은 지금의 상황을 당최 이해할 수 없었다.

"이, 이게, 이게 도대체 어찌 된……."

오라는 부하들은 오지 않고, 대뜸 유가장주와 이신의 수하들이 우르르 몰려오다니.

하지만 맨 마지막에 등장한 인물에 비하면 지금까지 나온 사람들은 그리 놀라울 것도 아니었다.

"혀, 혈승……!"

이환성은 도저히 믿을 수 없다는 얼굴로 신수연과 함께 장내에 들어서는 그를 바라봤다.

"부, 분명 네놈은 천마의 손에 의해서 제거되었을 텐데? 어떻게?"

그의 물음에 혈승은 천장을 가리키면서 말했다.

"천운이 따라줬지."

실로 혈승답지 않은 말이었으나, 사실은 사실이었다.

"노, 노부의 부하들은?"

혹시나 하는 미련을 버리지 못한 이환성의 물음에 단무린이 답했다.

"그치들은 전부 환술 속에서 헤매고 있으니까 너무 걱정 붙들어 매시오."

네놈도 곧 그리 만들어줄 테니까, 라는 뒷말은 굳이 덧붙이지 않았다.

이에 이환성이 눈살을 찌푸리면서 뇌까렸다.

"그럴 리가 없을 텐데……"

미처 말하지 않았지만, 대기 중이던 부하 중에선 이환성이 특별히 신경 써서 포섭한 입신경의 고수도 포함되어 있었다.

제아무리 단무린의 환술이 뛰어나다고 한들, 입신경의 고수 앞에선 굼벵이 앞에서 주름 잡는 격일 터.

도대체 무슨 수로 그를 제압했는지 알 수 없는 가운데, 때마침 묵직한 저음이 들려왔다.

"혈천쌍각(血天雙角)이라. 제법 괜찮은 실력의 소유자였소. 용케도 그런 고수를 숨겨두셨구려, 검제."

"신창……!"

설마 신창이 이신의 편에 붙었을 줄이야.

우극명의 등장에 이환성은 그제야 한 가닥 의문이 해소되는 것을 느꼈다.

그렇게 모두가 냉랭한 시선으로 자신을 바라보는 가운데서 이환성은 이신을 바라봤다.

"…이미 예상한 일이더냐?"

그의 물음에 이신은 무덤덤한 말투로 답했다.

"당하는 건 한 번으로 족하니까."

신수연이 혈승에게 말했던 준비, 시해마경이 그녀의 그림자에서 대기 중이었던 이유.

그건 바로 실시간으로 단무린과 연락을 주고받기 위함이었다.

시해마경이 가진 사술의 위력은 가히 일반적인 상식을 넘어섰다.

거기에 단무린의 진야환마공의 수법이 더해지자 그림자를 통해서라면 얼마든지 단무린과 연락을 나눌 수 있는 경지에까지 이르렀다.

겉으로 보기엔 이신은 신수연과 단둘이서 온 것처럼 보이지만, 사실상 단무린을 비롯한 추월대를 항시 대기시켜 놓은 거나 마찬가지였다.

혼자서는 안 된다는 뼈아픈 깨달음과 반성 끝에 내놓은 나름의 해결책이었다.

"허, 허허허, 허허허허……."

성화가 봉인된 것도 모자라서 최후의 수단마저 물거품이 되다니.

허탈한 웃음을 흘려대던 이환성은 이내 뚝 그치면서 말했다.

"졌다. 노부의… 패배다."

하지만 이환성은 거기서 끝내지 않고, 한마디를 덧붙였다.

"하지만 아직 본 월이 패한 것은 아니니라."

그 말의 의미가 밝혀진 것은 그 후로 약 한 달여의 시간이 흐르고 난 다음이었다.

종장

흑월의 실질적인 수장, 이환성은 이신과의 싸움에서 패하고 무림맹의 뇌옥에 수감되었다. 하나 그가 잡혔다고 해서 흑월 자체가 완전히 무너진 것은 아니었다.

오히려 흑월의 잔당들은 남몰래 자신들의 세력을 새외로 모두 이주시킨 뒤였고, 그것도 모자라서 그곳에서 북해빙궁을 제외한 나머지 새외 세력들을 일통하여 집마련(集魔聯)이라는 새로운 집단을 만들기에까지 이르렀다.

이는 이환성이 미리 준비한 것으로 행여 자신이 이신 등에게 당할 것을 우려한 보험이었는데, 그의 보험은 제대로 맞아떨어졌다.

그 후 집마련은 중원 정벌이라는 기치 아래 새외무림인들을 모아서 대대적인 침공을 벌였다.

훗날 제이차 정마대전이라 불리는 전쟁의 시작이었다.

하나 때마침 흑월을 상대하고자 일시적으로 하나로 뭉쳐져 있던 중원 무림은 예상과 달리 그들에게 맞서서 팽팽한 전선을 유지했다.

특히 여러 신진 세력들의 약진이 두드러졌는데, 개중 과거 무한제일장으로 불리었던 유가장의 활약이 가히 눈부셨다.

더욱이 유가장에 소속된 이들의 면면도 심상치 않았다.

우선 제갈세가를 대표하는 기관진식의 달인이자 과거 동심회의 초대 총사 제갈훈과 과거 의선과 함께 천하에 이름을 떨친 마의가 그들의 후견인을 자처했다.

뿐만 아니라 천사련의 장로였던 북망광검도 유가장의 소장주, 유하검협 유지광의 전담 무사부로서 명성을 떨쳤다.

하나 그들보다 더한 명성을 떨친 이가 있었으니 바로 신생 조가장의 주인, 조극명이었다.

그는 멸문한 조가장을 단신으로 일으켜 세우는 것도 모자라서 기존의 신창양가로부터 신창의 칭호를 빼앗기에 이르렀다.

이른바 신창조가(神槍趙家)의 탄생이었다.

그 외에도 그간 여러 유명방파의 그늘에 가려져 있던 고수들이 두각을 드러냈으나, 유독 모두가 기대하던 한 사람의 모습은 찾아볼 수 없었다.

유가장의 영호검주.

호북제일검이자 차기 천하제일검으로까지 언급되던 바로 그 자는 제이차 정마대전의 전장 어디에서도 나타나지 않았다.

원래 그가 소속되어 있던 유가장에 여러 무림 인사들이 문의했으나, 그들 역시 그의 행방에 대해서 잘 모른다는 대답만 반복할 뿐이었다.

대신 제이차 정마대전이 끝난 이후, 과거 마도제일의 세력이라고 불렸으나, 지금은 오십 년 봉문을 선언한 그곳이 위치한 천산 근처에서 한 무사의 소식이 간간이 들려왔다.

그의 실력은 기껏해야 일류에서 절정 남짓한 편이었으나, 대신 무사는 결코 눈앞의 불의를 그냥 보고 지나치지 않았다.

그렇다고 해서 사람이 영 순진하고, 만만했느냐?

그건 또 아니었다.

오히려 그는 자신이나 남을 속이려고 드는 작자들에겐 어떻게든 배로 되돌려주고 갚아주는, 실로 독기 어린 모습을 보여줬다.

협행과 독기.

언뜻 어울려 보이지 않는 두 단어를 한데 합쳐놓은 듯한 그의 행보 앞에 사람들은 이름조차 밝히지 않는 그를 자연스레 독협(毒俠)이라고 부르기 시작했다. 하나 어디까지나 천산 인근에서나 알아주던 별호에 불과했다.

그랬던 독협이 어느덧 시간이 지나서 비무행을 떠난다는 소문이 돌기 시작했다.

주변 사람들은 그를 만류했다.

그냥 지금의 상태에 만족하라고.

그 정도 명성과 실력이라면 충분히 인근 중소방파의 식객으로서 밥값 정도는 할 수 있을 거라고.

하나 독협은 현실에 안주하라는 주변의 충고를 무시한 채외로운 여정에 나섰다.

그리하여 천산을 넘어서 감숙성으로, 감숙성을 지나서 사천성으로, 사천성에서 귀주성으로, 그야말로 독협은 중원 전체를 골고루 누비고 또 누볐다.

당연히 그 과정에서 수많은 고수들과 그들이 소속된 방파와 부딪치는 일도 적잖았다. 독협은 그들과의 충돌을 피하지않고, 아예 정면으로 맞서기까지 했다.

실로 당랑거철을 떠올리게 하는 무모함이 아닐 수 없었고, 사람들은 얼마 지나지 않아 그가 아무도 모르는 객지에서 쓰러져 죽을 거라고 확신했다.

하나 무모해 보이는 독협의 비무행은 한 달을 넘어서 반년, 반년을 넘어서 일 년, 그리고 무려 오 년을 넘어서 십 년째에 달할 때까지도 끝나지 않았다.

그리고 오늘, 무한제일장 유가장의 새로운 장주, 유하검제(流河劍帝) 앞으로 한 장의 비무첩이 도착했다.

*　　　　*　　　　*

"허허허, 드디어 올 것이 왔구만."

태상장주 유정검은 손때 묻은 비무첩을 내려다보면서 껄껄 웃어댔다. 이전보다 머리가 한층 새하얘졌지만, 주름 자체는 그리 많지 않았다.

오히려 체구가 어지간한 청년보다 건장했다. 과거보다 그의 무공이 더 높아졌다는 증거였다.

이에 과거 유하검협이라 불릴 때와 달리 이제는 한층 의젓해지고, 풍기는 기도 역시 제법 고수다워진 유지광이 난색을 표했다.

"어찌해야 할까요?"

"어찌하긴. 이참에 한 수 제대로 배운다고 생각해라. 안 그래도 검제니 뭐니 옆에서 떠받들어줘서 네 어깨에 적잖이 힘이 들어간 것 같았는데, 참으로 잘된 일이지."

"…그게 아들에게 할 소리입니까?"

말은 그리 해도, 유지광의 눈빛 역시 어느 순간부터 초롱초롱하게 빛나고 있었다. 마치 소싯적의 순진하던 청년으로 되돌아간 것처럼.

바로 그때였다.

"비무첩이 왔다고요?"

집무실의 문이 열리면서 웬 아름다운 미부가 들어왔다.

어째 나이는 유지광보다 몇 살은 더 많으면서도 겉으로 보기엔 동생으로밖에 안 보이는 누이, 유세화였다.

그리고 그녀의 발치에는 그녀를 완전히 쏙 빼닮은 여아 하나가 매달려 있었다. 바로 유세화의 친딸, 세연이었다.

"누님, 오셨군요. 연이도 함께 왔구나."

두 모녀의 등장을 유지광은 흔쾌히 반겼지만, 정작 두 사람은 그의 인사를 무시한 채 곧장 비무첩 쪽으로 향했다.

특히 세연의 경우에는 아예 외할아버지의 무릎 위에다 턱 앉아서 비무첩을 만지작거리면서 말했다.

"할아버지, 정말로 오늘 오는 거야?"

"허허허, 물론이지. 이 할아비가 다른 건 몰라도 그 녀석이 약속을 어기는 건 단 한 번도 본 적이 없단다."

그렇다.

유세화를 제외하고는 누구도 지킬 거라고 생각지도 못한 십여 년 전의 그 약속을 그는 지켰다. 또한 십 년 전에 모두의 앞에서 했던 약속을 그는 끝끝내 지켜냈다.

성화를 봉인한 대가로 잃어버린 무공을 다시 되찾고 돌아오겠다는 그 약속!

눈앞에 있는 비무첩이 바로 그 증거였다.

이에 유정검은 눈에 넣어도 안 아플 외손녀의 머리를 쓰다듬으면서 말했다.

"그러니 얼른 가서 준비하고 있거라. 이왕이면 예쁜 모습으로 보는 게 훨씬 더 낫지 않겠느냐?"

"응!"

힘차게 대답한 세연은 그대로 유세화의 손을 붙잡고 집무실을 나갔다. 조잘조잘 떠들어대는 녀석의 목소리를 흥겹게 들으면서 유정검이 자리에서 일어났다.

"그럼 슬슬 우리도 준비하자꾸나."

"네, 아버지."

"아 참, 그분들에게도 이 사실을 알려 드리는 거 잊지 않았겠지."

"그거야 이미 기별을 넣은 지 오래죠. 안 그랬다면 후환이……."

"흠, 잘했다."

유정검은 진심으로 아들의 행동을 칭찬했다.

이 모든 게 독협의 비무첩이 유가장에 도착한 지 불과 두 시진만의 일이었다.

*　　　*　　　*

유가장의 대연무장.

평소에는 비워져 있는 그곳에 간만에 수많은 사람이 모여 있었다. 개중에는 학사풍 외모의 청년과 전설 속의 송옥과 반안을 연상케 하는 미남자도 포함되어 있었다.

"아직인가? 벌써 날이 다 저물어가는데……."

"좀 더 기다려 봐라. 안 그래도 여독이 채 안 풀리셨을 건데, 좀 늦으면 또 어떻다고."

미남자, 소유붕의 투정에 단무린이 한마디 했고, 이에 소유붕은 납득이 가지 않는 얼굴로 말했다.

"아니, 무려 십 년이나 기다렸잖아. 자기가 부득불 혼자서 가겠다고 고집 부려서 가만히 있긴 했지만, 이건 좀 너무한 거 아냐? 어떻게 십 년 동안 전서 한 장 안 보내실 수가 있어! 먹물, 네가 생각해도 좀 심하지 않냐?"

"그건……."

소유붕의 말에 이번에는 단무린도 뭐라 말을 잇지 못했다. 그도 내심 그분이 십 년 간 아무런 연락이 없던 것에 대해서 서운하게 여겼으니까.

이에 힘입어 뭐라 더 한마디 하려는 소유붕의 머리를 웬 곰방대 하나가 내려쳤다.

"조용히 좀 해라, 이놈아. 어디 그놈 기다린 게 네놈 혼자인 줄 아느냐?"

"아씨, 괴옹 어르신. 제가 딴 데는 몰라도 머리는 때리지 말라고 했죠? 안 그래도 그저께 공 소저가 어르신께 맞은 자국 보고 얼마나 걱정했는지 알아요?"

"공 소저? 그건 또 어디 기루의 아이냐?"

신수괴옹이 눈을 가늘게 뜨면서 추궁하자, 소유붕은 순간 움찔했다. 이에 신수괴옹은 기회를 놓치지 않고, 다시금 곰방대로 그의 머리를 후려쳤다.

"이놈이 요새 우리 손녀랑 붙어먹더니만, 뒤로는 아주 두 집 살림을 차려대는구나. 엉? 차려대!"

"아씨, 왜 거기서 제갈 소저 이야기가 나와요. 저랑 제갈 소 저는 아직 순수한 관……!"

"순수는 개뿔이다, 이놈아! 어디 남의 집 귀한 여식에게 손 을 대, 손을! 네 이놈을 당장……!"

"하하하, 진정하게. 그놈 족치는 건 나중에 해도 될 일 아닌 가? 뭣보다 집안일을 그리 남들 앞에서 경솔하게 떠들어서야 쓰나."

신수귀옹이 폭발하면서 자충수를 두려고 하자, 옆에 앉아 있던 마의가 은근슬쩍 그를 제지했다. 이에 신수귀옹은 겨우 흥분을 가라앉히고 자리에 다시 앉았다.

"후우! 자네도 조심하게. 자고로 예쁜 꽃에는 저런 벌레들 이 쉬이 꼬이기 십상이야."

신수귀옹은 마의의 손녀, 구양소소를 언급했다.

마냥 어린 줄만 알았던 구양소소도 이제 꽃다운 나이 묘령 을 갓 지난 상태였다. 이신에 의해서 절맥을 치료한 뒤 또래의 성장 속도를 급속도로 따라잡은 그녀는 최근 들어서 그야말 로 눈부신 변화를 선보였다.

오죽하면 운중장 안에 꼭꼭 숨어 있는 꽃이라는 의미로 무 한에서는 그를 일컬어서 운중폐화(雲中閉花)라고 부르고 있지 않던가.

해서 신수귀옹의 말마따나 그녀 주변에는 꽤나 많은 벌레들이 심상찮게 꼬여들고 있었다.

"뭐, 그거야 자기가 알아서 할 일이지."

하나 마의는 구양소소에 대해서 전혀 걱정하지 않는 눈치였다. 이에 신수귀옹이 의아해했지만, 마의는 그 이상은 말하지 않고 대신 슬쩍 곁눈질로 단무린을 바라봤다.

그러자 그와 눈을 마주친 단무린은 순간 움찔했다.

'내 손녀를 울렸다간 그땐… 알지?'

'네, 네. 어, 어르신……'

소리 없는 눈과 눈의 대화.

하나 그 어떤 말보다도 강렬한 인상으로 단무린의 가슴에 깊이 새겨졌다.

한편 남들과 떨어져서 저만치 구석에 앉아있는 두 남녀, 그중 곰처럼 거대한 체구의 사내가 말했다.

"오자마자 바로 인사드린다는 게 벌써 십 년이 넘었네."

그의 말에 옆에 앉은 여인이 고개를 끄덕였다.

"그러게요, 가가."

두 사람은 과거 혈영대의 삼조장과 사조장을 맡았던 문채희와 고영천이었다.

원래 마가촌에서 살던 두 사람이었으나, 지난 일을 계기로 결국 그들도 운중장으로 들어와서 살게 되었다. 그들에 대한 이신의 굳건한 신뢰가 끝내 마음을 움직인 것이다.

그런 지도 어언 몇년째.

그들과 단무린 등은 다시 원래의 관계를 회복한 지 오래였다.

하나 아직까지 주변 사람들과는 약간 데면데면한 상태였다. 그걸 잘 알기에 신수귀옹을 피해서 온 소유붕이 불쑥 말했다.

"야, 곰탱이! 네가 생각해도 너무하지 않냐? 어떻게 십 년이나 연락이 안 올 수가 있어? 하여간 생각보다 무정한 양반이라니깐."

그의 말에 고영천은 진짜 곰처럼 푸근한 미소를 지으면서 말했다.

"뭔가 사정이 있으셨던 거겠지. 게다가 원래 그런 거 잘 안 챙기는 양반이잖아."

"마, 곰! 그렇다고 해도 이건 좀 심했지! 안 그러냐, 채희야? 너라도 이 미련 곰탱이가 갑자기 잠수 타면 걱정이 되겠어, 안 되겠어?"

화살이 대뜸 고영천의 옆에 앉아 있는 문채희에게로 향했다.

신수연과의 싸움 때문에 한쪽 얼굴에 희미한 흉터 자국 비슷한 게 남은 그녀는 웃으면서 말했다.

"만약 가가가 그런다면 전 바로 기룡이랑 같이 산속으로 들어갈 거예요."

기룡은 문채희와 고영천 사이에서 나온 그들의 하나밖에 없는 아들이었다. 그녀의 단호한 대답에 고영천은 울상을 지었다.

"희, 희매! 저, 절대로 그러지 않을 테니까 장난이라도 그런 말 하지 마."

"호호호, 농담이에요. 제가 어떻게 가가 혼자만 두고 떠나겠어요?"

"그치? 역시 우리 희매밖에 없……."

"같이 목을 매달고 죽었으면 죽었지."

"……."

섬뜩한 그녀의 말에 고영천은 침묵했다.

그렇게 두 부부의 대화를 한심한 듯 쳐다보던 것도 잠시, 소유붕은 다시금 자기 자리로 되돌아갔다.

그렇게 비무 시간을 기다리면서 관중석에서 이런저런 이야기가 오가고 있을 때였다.

끼이이익—

연무장의 입구가 열렸고, 모두의 시선이 약속이라도 한 것처럼 한데 집중되었다. 그러자 얼떨결에 모두의 집중을 받게 된 유지광이 순간 움찔하였다.

"어찌 된 일이냐?"

유정검이 모두를 대표해서 그에게 물었다.

분명 비무 시간이 다 되었거늘, 왜 유지광 혼자만 연무장에 나타난 거란 말인가?

더욱이 그자의 등장을 내내 목 빠지게 기다렸던 유세화 모녀의 실망감은 더욱 클 수밖에 없었다.

이에 유지광은 뭐라 설명해야 할지 모르겠다는 듯 난감한 표정을 짓더니, 곧 눈을 딱 감고 입을 열었다.

"회, 회임하셨답니다."

"뭐?"

순간 모두가 유지광의 말을 이해하지 못했다.

아니, 미처 따라가지 못했다는 게 정확했다.

유일하게 제일 먼저 정신을 차린 사람은 소유붕이었다.

"이 양반, 결국 했네! 했어!"

"그 입 닥쳐, 이 미친놈아!"

단무린의 입에서 처음으로 쌍소리가 튀어나왔고, 그걸 기점으로 주변이 어수선해지기 시작했다.

그러한 가운데, 세연은 천진난만한 얼굴로 엄마 유세화를 바라보면서 말했다.

"회임이 뭐야, 엄마?"

갑작스러운 딸의 난처한 질문에 유세화는 순간 머리가 복잡해졌으나, 곧 마음을 진정시킨 뒤 딸과 눈높이를 맞추었다.

"연아, 아빠한테 엄마 말고도 또 다른 부인이 있다는 건 연이도 잘 알고 있지?"

"응! 내 이름 중 한 글자를 둘째 엄마한테서 따왔다고 했잖아?"

세연의 대답에 유세화는 미소를 머금었다.

"그래. 우리 연이, 기억력도 좋네? 아무튼 아빠를 따라갔던 그 둘째 엄마가 아무래도 연이 동생을 가진 것 같아."

"동생?!"

안 그래도 동그란 세연의 눈이 더 동그래졌다. 하나 놀람도 잠시, 그녀는 그 어느 때보다 해맑은 미소를 지으며 외쳤다.

"신난다! 그럼 나도 이제 동생이랑 놀 수 있는 거야? 만세!"

엄마의 복잡한 심경을 알 리 없는 세연은 그저 동생이 생겼다는 사실에만 기뻐할 따름이었다.

아니, 어쩌면 그게 당연한 것일지도 모른다.

천하의 그가 자신이 했던 약속을 뒤로 미루었다는 것만 봐도 새로운 생명의 탄생은 분명 축복할 일이었다.

그리고.

우우우우웅―!

유세화의 허리춤에 걸려 있던 묵빛 검신의 장검, 영호검 역시 원래 자신의 주인의 귀환을 반김과 동시에 그 사실을 있는 힘껏 축복하기 시작했다.

『대무사』 완결

이모탈 퓨전 판타지 소설
FUSION FANTASTIC STORY

용병들의 대지
Road of Mercenaries

이 세계엔 3개의 성역이 존재한다.
기사들의 성역, 에퀘스.
마법사들의 성역, 바벨의 탑.
그리고… 그들의 끊임없는 견제 속에 탄생하지 못한

『용병들의 대지』

전쟁터의 가장 밑을 뒹굴던 하급 용병 아론은
이차원의 자신을 살해하고 최강을 노릴 힘을 가지게 된다.

그의 앞으로 찾아온 새로운 인생!
아론은 전설로만 전해지던
용병들의 대지를 실현시킬 수 있을 것인가!

Book Publishing CHUNGEORAM

유행이에선 자유추구
WWW.chungeoram.com

FUSION FANTASTIC STORY

텀블러 장편소설

현대 천마록

천하를 호령하고, 전 무림을 통합한
일월신교의 교주 천하랑.
사람들은 그를 천마, 혹은 혈마대제라고 불렀다.

『현대 천마록』

무공의 끝은 불로불사가 되는 것이라 생각했지만
그로서도 자연의 섭리 앞에선 어쩔 수 없었다!

'그렇게 많은 피를 흘렸음에도 불구하고
죽을 때가 되니 남는 것이 없군그래.'

거듭된 고련 끝에 천하랑의 영혼이
존재하지 않게 된 그 순간
그의 영혼은 현세에서 천마로서 눈을 뜬다!

Book Publishing CHUNGEORAM

유령이 아닌 자유추구 -
WWW.chungeoram.com